AF188867

Ernst Hunziker isch im Jahr 1955 z Boltige, im Sime-
tal, gebore. Nachere Lehr als Spängler-Installateur
isch er zum Tal us u läbt syt 1980 ufem Bödeli, em
Gebiet zwüschem Thuner- u Brienzersee.

Gwärchet het er ufem Flugplatz Interlake als Flug-
zügspängler u später bi der Gmeind Interlake als Aa-
lage- u Materialwart bi der Füürwehr. Ab 1999 isch
er Kommandant vo der regionale Zivilschutzorgani-
sation Jungfrou gsy.

Mittlerwyle isch er pensioniert.

Syt Jahre schrybt er Mundartgschichte, Romän,
Krimis u o Volkstheater.

D Büecher sy im Buechhandel erhältlech. D Thea-
ter bim Elgg Verlag in Belp.

Wyteri Informatione über e Outor u sys Schaffe
stöh uf der Websyte www.ernsthunziker.ch

Ernst Hunziker

E leidi Gschicht

Em Fahnder Flück sy zweit Fall

Mundart-Krimi

Bibliografische Information der Deutschen
Nationalbibliothek:
Die Deutsche Nationalbibliothek verzeichnet diese
Publikation in der Deutschen Nationalbibliografie;
detaillierte bibliografische Daten sind im Internet
über http://dnb.dnb.de abrufbar.

Coverfoto:
Im Gebiet Harzisbode, Iseltwald (Bild vom Autor)

2014, 2018 überarbeitete Auflage
© Ernst Hunziker
Senggigässli 35
3800 Matten
ernsthunziker@icloud.com
www.ernsthunziker.ch

Herstellung und Verlag:
Books on Demand GmbH
Norderstedt
Printed in Germany
ISBN: 9783748110750

Es warms Früehligslüftli strycht über Seebad. D Natur erwachet langsam usem Winterschlaf. Di erschte Aprilglogge dränge mit ihrne schmale, grüene Bletter düre Härd ueche u wachse zielsträbig em warme Sunneliecht zue. D Vögel sy o langsam us ihrem Winterquartier zrugg u probiere, mit ihrne no zaghafte Melodie, de Lüt langsam i Erinnerig z rüeffe, dass di chalti Jahreszyt definitiv der Vergangeheit aaghört.

D Natur blüeit uf u ne fridlechi Stimmig leit sech über das heimelige Dörfli am See. Ufem Wasser usse gseht me di erschte Schiff dümple u di warme Sunnestrahle bewege di erschte Lüt zum Wasser. Obwohl dass es no lengeri Zyt winterchalt wird blybe, wärde scho gly di erschte Lüt es chüehls Bad im See wage.

Vor em zwöistöckige, wysse Huus, stöh e Maa u ne Frou. Si stöh aber nid so da, wie we si i de Gartebettli di erschte Früehligsarbeite wette aapacke. Nei. Mit ihrer Aalegi ghörte si älwä ehnder a ne sunnige Mittelmeer-Sandstrand.

Der Maa treit e dünni, graui Trainerhose u nes churzermligs Lybli. Ds Grüen strahlet mit der Natur um d Wett. D Frou het es churzes, für Seebad vilecht sogar es z churzes, knallrots Miniröckli anne. Obedüre treit si es ängaaligends, buchfreis Top. Imene kitschige pink.

D Frou seit: «Hamlet?»

Der Maa drufache: «Nein, Ophelia.»

D Frou zieht d Ougsbraue i d Höchi u macht es erstuunts Gsicht: «So wenig Frühling spürst du?»

Är: «Gefährlich ist's, den Löwen zu wecken.»

Si: «Schillers Lied von der Glocke.»

Der Maa theatralisch: «Wie recht, wie recht. Doch lass uns nun beginnen. Denn: Wer vor der Zeit beginnt, der endigt früh.»

D Frou: «Romeo und Julia. Shakespeare William. Doch nun rüber zu seinem Hamlet.» Dermit setzt si sech ufe wyss Gartestuehl, leit eis Bei über ds Andere, dräit sech ine stolzi Pose u stellt e gebieterischi Ophelia dar.

«Fräulein, soll ich in eurem Schosse liegen?», fragt se der Hamlet.

D Ophelia: «Nein, mein Prinz.»

Är: «Ich meine, den Kopf auf euren Schoss gelehnt?»

«Ja, mein Prinz.»

Dermit hocket sech der Maa näbe d Frou a Bode u lähnt sy Chopf a ihre Oberschänkel.

«Denkt ihr, ich hätte erbauliche Dinge im Sinne?», fragt er mit ere früehligshafte Stimm.

«Ich denke nichts», tönts stolz.

«Ein schöner Gedanke, zwischen den Beinen eines Mädchens zu liegen», stellt er mit schelmischem Grinse fescht.

«Was ist, mein Prinz?»

«Nichts.»

«Ihr seid aufgeräumt», stellt d Ophelia fescht.

Der Hamlet luegt a d Frou ueche u seit erstuunt: «Wer? Ich?»

«Ja, mein Prinz.»

«Oh ich reisse Possen wie kein Anderer. Was kann ein Mensch Besseres tun, als lustig sein? Denn seht nur, wie fröhlich meine Mutter aussieht, und doch starb mein Vatter vor noch nicht zwei Stunden.» Är lachet theatralisch u luegt du wider zu der Ophelia ueche.

Während däm Dialog chöme zwo Persone vo hinde uf di zwöi Spilende zue z loufe. E ganz gwöhnlech aagleite Maa u ne Frou, wo wildi Chrusle ufem Chopf treit.

Der männlech Bsuecher fahrt mit töifer Stimm i däm Dialog wyter mit: «Sein oder Nichtsein, das ist hier di Frage. Obs edler im Gemüt, die Pfeil und Schleudern des wütenden Geschicks erdulden, oder sich waffnend gegen eine See von Plagen durch Widerstand sie enden. Sterben – schlafen – nichts weiter. Ja, da liegts!»

Drufache lachend d Ophelia: «Aber doch noch nicht jetzt sterben. Schlafen vielleicht schon.» Dermit steit si uf u dräit sech de Bsuecher zue.

Der Hamlet steit o uf u meint: «To be or not do be, that is not the question. The question is: Two Beer, or not two Beer?»

D Frou mit em Chruselchopf: «Die Antwort lautet: Two, resptektive for Beer!»

Die Vieri lache enand aa, göh ufenand zue u umarme sech. Si schyne sech scho lenger z kenne. Uf all Fäll bruche si sech nid gägesytig vorzstelle.

«Shakespeares Hamlet im Garten vor dem Haus? Seid ihr immer noch himmelhoch jauchzend – zu Tode betrübt?» Der männlech Bsuecher fragt das der Hamlet.

Dä meint:«Natürlich, Daniel! Egmont der Dritte. Von Goethe ...»

«... war gut!», singt d Bsuecherin d Melodie vom Rudi Carrell sym Schlager.

«Wehe, wenn Heidi losgelassen», lachet der Daniel.

Ds Heidi drufache: «Warte!» Si macht es strängs Dänkergsicht: «Friedrich Schiller. Das Lied von der Glocke.»

«Wie wohl, wie wohl!», stellt der Hamlet fescht u seit zum Heidi: «Mein schönes Fräulein, darf ich wagen, meinen Arm und Geleit ihr anzutragen?» Derzue bietet er ihre sy Ellboge aa.

Si hänkt bi ihm y u gmüetlech spaziere si übere Rase, der Balkontür zue.

Hinde dry d Ophelia u der Daniel, wo no meint: «Goethes Faust hat zugeschlagen!»

Drufache d Ophelia lachend: «Doch eher sein linker Ellenbogen.»

Im Wohnzimmer inne setze sech d Bsuecher a gross, rund Tisch.

Währenddäm d Ophelia vier Bier reicht – Gleser schyne si kener z bruche – seit der Hamlet: «Schön, dass dirs gschafft heit, zu üs z cho. Syt härzlech willkomme.»

Der Daniel: «Danke vil Mal für d Yladig. Aber mir hei ja versproche, d Cornelia ...»

«Ophelia, bitte!», underbricht ne di rot aagleiti Frou. «Nur Ophelia, bitte!», seit si spitz u spilt churz ihri Rolle vo dusse wyter.

«De zieht dir das also geng no voll düre?», fragt ds Heidi erstuunt.

Der Hamlet u d Ophelia nicke.

«Dir syt scho rächti Spinner!»

Nach em Gsundheit mache vernäh di beide Bsuecher, dass der Hamlet u d Ophelia usserhalb vo de Huswänd nume Hochdütsch rede – i verschidene Dialäkt. Das schueli d Sprach. Usserhalb vo ihrne vier Wänd syge si im Momänt nume der Hamlet u d Ophelia. So chönni si sech i d Rolle vo däm Stück am Beschte yläbe.

Der Hamlet geit öppis Ässbars ga zwäg mache.

D Ophelia rütscht unruehig uf ihrem Stuehl hin u här. Ihri Ungeduld cha si aber nid lang verstecke. Gly scho fragt si: «Heit dirs derby?»

Nachdäm beidi Bsuecher nicke, leit der Daniel es rächt dicks Ringheft ufe Tisch. Säge tuet er nüüt.

«U de?» Me ghört der Ophelia aa, dass si fasch vergiblet vor Gwunder.

«Schonigslos?», fragt ds Heidi mit ehnder chli schüücher Stimm.

«Was söll di Frag?», chunnt di knurrendi Antwort vo der Ophelia. «Wie lang kenne mir üs jetze? Scho fasch syt Jahrzähnte. U syt das mir Vieri mitenand d Schouspielschuel absolviert hei, hei mir enand nume schonigslos verzellt, was mer vonenand halte. Hei enand bi jeder Rolle, wo ds Andere gspilt het, drannume kritisiert. Hei ds Gägenüber aagriffe u dür das erreicht, dass jedes vo üs i syne Rolle gwachse isch. Nume wil i jetze nid schouspilere, sondern schrybe, bruchet dir nid uf ds Mal irgend e Rücksicht füre z chehre. Gäbet em nume. Use mit der Sprach!»

«So stirbt ein Held!», chunnt der Hamlet i ds Wohnzimmer zrugg u leit e grossi Platte mit Fräsalie ufe Tisch.

«Jetze mache sech em Schiller syner Räuber über ds Ässbare här», lachet ds Heidi u gryfft zue.

«Mir Vieri sy scho chli Spinner. Oder nid? Was hesch du vori gseit – Ophelia! – wie lang mir nes scho kenne? Fasch Jahrzähnt? Ja. Lang, ömel. U syt mir üs kenne, zitiere mir geng u geng wider us verschidenschte Schouspiel use so Texte. E wunderbari Müglechkeit, geng wider Bilder us so Stück füre z zoubere – u glychzytig o e super Glägeheit, di Stück nid z verliere. Se warm z bhalte.»

«Wych nid us!», rüeft d Ophelia derzwüsche. «Chömet jetze mit öier Kritik u spannet mi nid no lenger uf d Foltere.»

Ds Heidi nimmt ds Buech i d Hand, bletteret chli drinne, luegts vo der Syte aa u de o no vo hinde. D Ophelia verjättets fasch vor Närvösi.

Ds Heidi macht «hhhchgchhmm ...» für sech ihrer Stimmbänder z putze. Du seits: «Also Ophelia. Mir hei dys Stück guet düregläse u chöme zum Schluss, dass es eifach es Abbild vom Läbe isch. Vom gwöhnleche Läbe. Nüüt meh u nüüt weniger. Aber es isch spielbar. D Rolle sy guet verteilt, der Text isch rächt höch aagsetzt u d Lengi passt o. Aber das längt us üser Sicht nid. Es isch schlicht u eifach gseit, über ds Ganze übere gseh, z längwylig u z gwöhnlech.»

«Aber das isch ja grad der Witz vo der Sach», ergelschteret sech d Ophelia. «Es mues so längwylig sy. Es mues! Es geit ja i däm Stück drum, es Bild vo der Gsellschaft z zeige. Es würklechs Bild. Nid es theatralisches. I ha wölle e Realsatire schrybe. Nid irgend e Krimi. Für mi isch ds Theater ds Läbe. Oder äbe ds Läbe es Theater. Jede spilt sy Rolle drinne. Regie füehrt d Umgäbig. Also ds Umfäld. Der Ort wo me wohnt, d Mitbewohner, di Aaghörige, der Arbeitsplatz, d Mitarbeiter. Jede um eim um füehrt chli Regie u seit eim, was me wie sötti – oder äbe vor allem nid sötti. Über das wott i es Theater schrybe. I wott nid – wie üeblech im Theater – überzeichne. I wott di blutti Realität zeige. I wott ds Läbe zeige. Mit ere Realsatire.»

«D Lüt hei aber i ihrem Läbe Realsatire gnue», meint der Daniel. «Ihri Läbes-Realsatire isch mit all de mediale Yflüss so längwylig worde, dass d Lüt meh wei. Meh bruche. Chli Würzi. Chli öppis, wo si scho lang gärn gmacht hätte – me aber im reale Läbe nid darf. E Mord zum Bispiel. Oder es Yversuchts-drama. Chli Sex and Crime. Chli Luscht u Bluet. U ds Ganze sötti de o no tragisch ände. Süsch lande d Zueschouer vo dym Theater de wider dert, wo si scho geng si gsy: i der Realität. Un i dänke, di hüttegi Gsellschaft mags nümme verlyde, we me ihre der Spiegel vorhet. U de no so gnadelos eifach u klar, wie dus i dym Stück gmacht hesch.»

«Das isch dütlech. Danke!», meint d Ophelia. Aber nid öppe zerstört, sondern interessiert. Si steit uf, geit füre zum Fänschter u luegt dert übere zum Nachbar-huus. Di andere Drü schwyge. Si wüsse, dass d Ophelia grad e Momänt Zyt brucht, für d Kritik z verdoue. U si kenne se guet gnue für z wüsse, dass es nid lang wird gah, bis si ihne wird mitteile, dass si wüssi, wie si das Stück vorwärts bringi.

U richtig. Si dräit sech zue ne um u meint voller Stolz: «Dir wärdet öie Mord ha. U o chli Luscht. Aber geng no so, wies real äbe o isch. Ja. I wirde e Mord yboue. E spezielle Mord!» Si dräit sech no ei-nisch gäge ds Fänschter u widerholt gnüsslech: «Chli

Luscht. U ne Mord. Genau. Es kann der Frömmste nicht in Frieden leben, wenn es dem bösen Nachbarn nicht gefällt ...»

Dermit dräit si sech wider um u sitzt zu de Andere zueche. U wie we das ds Normalschte vo der Wält wäri, wächslet si ds Thema u fragt ds Heidi: «U dir Zwöi? Wien i ghört ha, syt dir im Momänt z Basel mit öiem Programm? Gratuliere zum Erfolg! I mag nechs gönne. Chlykunscht isch halt ...»

«... Chrampfkunscht», fallt ds Heidi der Ophelia i ds Wort. O sii isch nid erstuunt ab däm plötzleche Themawächsel. Di Vieri schyne sech so Sprüng gwanet z sy.

«Es isch hert, uf Chlybühnine z spile», fahrt si wyter. «Jede Tag bisch amene andere Ort. Nume we de Schwein hesch, chasch e Chlybühni für es paar ufenand folgendi Uffüehrige übercho u dür das chli düreschnufe. Süsch tingelisch eifach e ganzi Saison lang dür di ganzi Dütschschwyz u muesch luege, wie de über d Rundi chunnsch.»

«Da hei mirs de scho gäbiger. Grossi Bühni, fescht aagstellt, e feschte Wohnsitz u nes einigermasse greglets Ykomme.»

Si brichte enand wyter über ihrer Brüef, über ihres Privatläbe u über ihrer Sehnsücht.

Der Daniel u ds Heidi erfahre o di aktuellschti Nöijgkeit: D Ophelia u der Hamlet wärde uf Münche zügle, wil si dert im Residenztheater es Engagement hei. Hamlet vom Shakespeare wird gspilt. Di Zwöi fröie sech enorm u verzelle, wo si z Münche wärde wohne u was si dert de alls wölle undernäh.

«De syt dir scho wacker am Probe? Mir heis no

fasch vermuetet, wo dir nech als Hamlet u Ophelia aagredt heit. Geng no di alti Masche: Sobald der Vertrag für ds nächschte Engagement underschrybe isch, schlüfet dir i ne anderi Rolle, wo dir – ohni jeglechi Yschränkig – usserhalb vo öine vier Wänd spilet», fasst der Daniel d Situation zäme.

«Richtig», meint der Hamlet. «Mir läbe fasch der ganz Tag i irgend ere Rolle. U we mir einisch ke Zuekunftsrolle hei, de füehre mir irgend es Theater uf. Mängisch es Eigets.»

«Herrlech!», lachet ds Heidi.

«U was heit de dir i Zuekunft im Sinn? Heit dir es nöis Programm im Köcher?» D Ophelia streckt sech im Sässel u lost gspannt uf d Antwort.

«Ja, o mir sy geng chli dranne. Im Momänt sy mer es Narretheater am Probiere. Der Arbeitstitel heisst SpiegeleulentillIn.»

«SpiegeleulentillIn», widerholt der Hamlet gnüsslech u erfahrt du, wie sech di zwöi Künschtler das nöie Programm vorstelle.

Es wird wyter gfachsimplet. U we me no lenger würdi zuelose, würdi me merke, dass da vier hochprofessionelli Lüt am Wärch sy.

Ds Wätter isch himmeltrurig. Der Winter, es schynt eine vo de Wermschte i de letschte Jahrzähnt gsy z sy, isch no einisch zrugg cho u het der Schnee bis wyt ache i d Täler tribe. Der Fahnder Flück u sy Frou, ds Roseli, sitze im Zuug, wo vo Meiringe uf Interlake fahrt. Beidi sy em Wätter entsprächend aagleit. D Frou treit e dunkli Hose u nes roschtigrots Blusli. Der schwarz Mantel hanget hinder ihre am

Haagge. Der Fahnder steckt inere schwarze Bchleidig un es isch unschwär z erchenne, dass ihm ds Gravattetrage nid so ligt. Beidi mache es bedrückts Gsicht. Me chönnti meine, si wettyferi mit em Wätter um di schlächteschti Mouggere.

«I chas geng no nid fasse», brösmelet der Fahnder füre. «Da steit eine mitts im Läbe, het Frou u Chind, e Bruef won er no wyt ueche chönnti styge, het verschideni Hobbys, isch aagseh u beliebt – u ändet z Letscht inere Chischte ufem Fridhof.»

«Äbe», brummlet ds Roseli, nid weniger troche.

«Was meinsch mit äbe?» Der Fahnder lüpft der Chopf u luegt sy Frou chli komisch aa.

«Äbe het er verschideni Hobbys gha, isch aagseh u beliebt gsy. Är het ja o alls gmacht, damit er zu däm Aasehe isch cho. U hätti halt vilecht gschyder chli zu syre Gsundheit u zu syre Familie gluegt. Aber äbe. Mir chöi scho säge. Me gseht halt nume a d Lüt häre u nid i se yne.» Mit dere Ussag sänkt d Frou der Chopf u si schwyge enand wider aa.

Ersch nachdäm der Bahnbegleiter ihres GA kontrolliert het gha, näme si ds Gspräch wider uf.

«I cha halt glych geng no nid verstah, dass da niemer öppis dergäge het chönne mache. Der Fahnder Müller isch ja syt lengerer Zyt nümme cho wärche. Wäge mene Burnout. Das schynt är ja aber überwunde gha z ha. Mir hei ömel Bricht übercho, dass mer i de nächschte Monet wider mit ihm hätte chönne rächne. Zwar am Aafang nume zu drissg Prozänt. Aber immerhin. Mir hei üs scho afa fröie, ihn wider i üser Gruppe z ha. – U jetze das. Sälbschtmord. I verstahs nid.» Me merkt em Fahnder aa, dass ne di hüttegi Beärdigung vo sym Arbeitskoleg rächt nachenimmt.

«Wie gseit, me gseht nume ane Mönsch häre. Un i chönnti mer durchus vorstelle, dass grad sy brueflechi Zuekunft mit e Grund isch gsy, dass er sech ds Läbe gno het. Luegs einisch vo dere Syte aa, Franz. Da bisch gsund, erfolgrych, bisch gachtet, hesch alls, wo du dir vorstellsch. U plötzlech – vo eim Tag ufe Ander – bisch wäg vom Fänschter. Bisch niemer meh. Körperlech nümme bruchbar u gsellschaftlech am Ändi. Si päppele di zwar langsam wider uf. Du überchunnsch o wider chli Chraft, wider chli Läbesmuet. U de seit me dir, dass du wider dörfisch ga wärche. Aber nume drissg Prozänt. U de ersch nume i nes Büro. Hesch der scho einisch überleit, wie das für di wäri, we du nume no drei Stund am Tag ufe Polizeiposchte dörftisch? U hesch du dir überleit, wies für di wäri, we du dert nume dörftisch am PC hocke u eifältegi Büez erledige? Weisch wie fruschtrierend das für di wär? Chunnt no derzue, dass der Müller ja o ke Chraft hätti gha, für sämtlechi Ämtli, won er vor syre Chrankheit gha het, wyterhin uszüebe. Dermit hätti är o jede gsellschaftlech Kontakt verlore. Weisch wie das i däm läbige Maa inne usgseh het? Das mues schrecklech si gsy.» Ds Roseli luegt wyt use ufe Brienzersee.

Der Fahnder stieret a Bode. Jedes hanget syne Gedanke nache.

Plötzlech nimmt der Fahnder beid Händ vo syre Frou u leit se uf syner Chnöi: «Ja, das mues für ihn ganz furchbar si gsy. Un är mues i der letschte Zyt – trotz Familie – sehr einsam gläbt ha u sech nutzlos sy

vorcho. Hälfe het em niemer chönne. Är het ja Fach-
lüt um sech um gha. Aber o die hei dä schrecklech
Tod nid chönne verhindere.» Är macht e Pouse.
«Aber mir wei nes nid la ache zieh vo dere truurige
Beärdigung hüt. Mir wei füre luege u probiere, dass
mir nie i so ne Situation yne chöme. Mir wei d Lehr
drus zieh, dass mir ds Läbe wei gniesse, solang mir
chöi. Wär weis, wie lang dass mir Zwöi no so gsund
u zwäg u glücklech chöi dür ds Läbe gah?»

Är steit uf u setzt sech näbe sy Frou. Die nimmt ihn
obe y u lähnet ihre Chopf a sy Schultere: «Ja, mir wei
jede Tag gniesse. U nes a jedem Tag probiere gärn z
ha. Elter wärde mer. Das chöi mer nid ändere. I füehe-
le mi ja im Momänt o nid so guet, wil my Körper
sech veränderet un i dür das meh als dütlech merke,
dass i elter wirde. Ja, dass i als Frou halt ine anderi
Funktion yne chume. I cha nümme Mueter wärde. Bi
nume no Frou. U das vilecht o nümme ganz. Oder
ömel nümme so, wie du das bruchtisch.»

U wider leit sech e Schwäri über die Zwöi, wo no
fasch truuriger isch, als ds Wätter dusse.

«Wie meinsch das?», fragt der Maa.

«Wächseljahr sy nüüt Schöns!»

«Das chan i verstah.»

«Nei das chasch nid!», git ihm ds Roseli imene
hässige Ton Bscheid.

U da isch wider das, wo em Fahnder syt es paar
Monet geng wider e chlyne Stich i ds Härz git. Sys so
liebe u verständnisvolle Roseli, sys, syt dass si enand
kenne, fasch usnahmslos rücksichtsvolle Froueli, sy
usglycheni u starchi Frou, het i der letschte Zyt
Aggressione entwicklet, wo si früecher nid aasatzwys

gha het. Är probiert di Usbrüch z akzeptiere oder se nid z beachte. Das glingt ihm meischtens. Aber nid geng. U das git de öppe Konflikte, wo si früecher o nid kennt hei.

«Du bisch e Maa u hesch vo all däm ke Ahnig. Un ig bi dy Frou. Un ig cha dir nümme das gä, wo du ds Rächt hättisch derzue. Zu all däm zueche han i no zuegno. Lueg mi doch einisch aa. I bi e feissi Gluggere worde. Nei, es Suppehuehn. Oder nei, nid emal meh das. Es Suppehuehn cha me wenigschtens no suppne. Mi cha me für nümme bruche», wätteret das chlyne Froueli u nuuschet drufache e Naselumpe füre, für sech d Träne abzputze u d Nase z schnütze.

«Luegs positiv a, Röseli», seit der Fahnder zärtlech, wil er weis, dass er syre Frou mit däm Kosewort cha Fröid mache. «Du chasch nümme Mueter wärde. Das stimmt. Aber wette mer de das überhoupt no, Eltere wärde? Doch nid öppe, oder? Mir sy ja scho Grosseltere. U da isch es nume guet, dass d Natur mit ere natürleche Bräms vorgsorget het. U was du seisch wägem Gä: I bi z fride mit däm, won i vo dir überchume u fröie mi, zäme mit dir alt z wärde. Alt u zitterig. U weisch wie de das wird sy, wen ig di wetti strychle u di de statt desse tät chützele, vor luter zittere?» Dermit chräblet er em Roseli mit beidne Händ über d Syte u übere Buuch, so, dass sys Froueli, während em Träne abputze, glychwohl chli mues lache.

Der Fahnder überleit, wie dass er sy Frou wider uf anderi Gedanke chönnti bringe. Churz bevor si z Interlake am Ostbahnhof aachöme, schnydet er es Thema aa, won er weis, dass es o ds Roseli interessiert.

«Han i dir scho vo de Änderige im Tällspiel brichtet?», fragt er, wil o är i der letschte Zyt merkt, dass er elter wird u nümme alls cha bhalte. U o nümme geng weis, was er scho gseit het, u was nid.

Wo ds Roseli interessiert ufluegt u seit, äs wüssti vo nüüt, faat er aafa brichte: «Eh, mir het der Spielleiter aaglüte. Si hei es Problem. Letscht Wuche isch ne dä, wo der Fürst spilt, usgstyge. Är heigi e nöij Stell aagno u müessi drum i d Oschtschwyz ga wohne. Glychzytig isch o d Rolle vom Pfarrer Rösselmann frei worde, wil dä, wo di Rolle hätti sölle spile, Unfall gmacht het u für lengeri Zyt usfallt. U jetze hei si mi ufbotte für cho vorzrede. I weis aber no nid, öb i söll gah.»

«Sicher geisch du!», rüeft ds Roseli begeischteret. «Du hesch ja scho lenger gseit, der Friesshardt, wo du scho so lang spilsch, hangi dir langsam zum Hals us. Das wäri doch jetze grad d Glägeheit, öppis Nöis aazfa. I würdi mi uf all Fäll fröie für di. U zwar – wen igs grad ehrlech darf säge – würd ig di ehnder als Pfarrer, statt als Fürst gseh. Es wäri doch schön, einisch öppis Geischtlechs z spile. Wältlechs hesch ja i dym Bruef meh als gnue, oder?»

«Scho», seit er chli zerknirscht. Me merkt, dass ihm di Feschtstellig vom Roseli nid so passt. «D Rolle vom Fürst würdi mir aber sicher besser lige, als die vom Rösselmann. I bi doch ehnder der Wältmaa. U ds Geischtleche ligt mer nid so.»

«Das meinsch du nume. Leg einisch der Fahnder ab u lueg di aa, Fränzeli. Du bisch doch e fyne, e liebe, e yfüehlsame Maa – we de nid grad am Polizeiere bisch. U drum, i blybe derby: Pfarrer wärsch e Bessere, als e Fürst. Aber schlussäntlech muesch du entscheide, was de möchtisch spile.»

«Nei, nid ganz! Schlussändlech entscheidet d Spielleitig vom Tällspiel, i weler Rolle dass i künftig wirde uf der Bühni stah. Un es het o no ander Aawärter. Vilecht blyben ig Friesshardt. Bis ans Ende meiner Gaunertage», lachet er.

Wil der Zug langsam i Bahnhof yfahrt, stöh di Beide uf u lege ihrer warme Mäntel aa.

«U jetze. Was wei mer mit däm aabrochnige Aabe no aafa?», fragt ds Roseli u nimmt ihre Maa a der Hand.

«Mir chönnte ja ...» hei chli ga schmüüsele, het er wölle säge. Aber är het no rächtzytig gmerkt, dass genau das ds Roseli uf d Palme bringt. Sys gnietige Verlange nach Nechi.

Drum seit er: «Chochen ig, chochisch du oder chochet är?»

«Är», lachet ds Roseli.

U beidi wüsse sofort, was dermit gmeint isch: Si göh zäme i ihri Lieblingsbeiz öppis Feins ga Znacht ässe.

«Mhh!», stellt ds Roseli fescht. «Das isch wider herrlech gsy.»

O der Fahnder ma rüehme.

Si hocke amene Zwöiertischli u heis gmüetlech zäme. D Schwäri vo der Beärdigung, ds Nachdänkleche, ja ds Unfassbare vom Tod vom Fahnder Müller, isch i Hindergrund grückt. Di Zwöi hei während em Ässe us ihrne Brüef brichtet. Der Fahnder über ne gnietige u komplizierte Fall, won er äntleche het chönne abschliesse u ds Roseli über syner Ysätz bi der Spitex.

Wo der Chällner mit em Espresso chunnt, seit ds Roseli: «Han i dir eigetlech scho verzellt, dass d Barbara u der Felix es Huus göh ga aaluege, wen er de wider vo Oustralie zrugg isch?»

«Nei, vo däm wüsst i nüüt», stellt der Fahnder interessiert fescht.

«Oh! I wirde alt! Weis nid emal meh, was i dir scho verzellt ha, u was nid.»

«De hei mer enand ömel nüüt füürzha. Es geit mir ja genau glych. Aber jetze verzell», lachet der Fahnder.

«Vil meh weis i o nid. D Barbara het nume gseit, si heigi im Aazeiger es Huus usgschribe gseh. Eis wo ihne älwä würdi passe. Si wölles eifach afe einisch ga aaluege.»

«U wo wär de das? Hie i der Nechi?»

«Ja. D Barbara het gseit, es sygi nume es paar hundert Meter vo üser Wohnig wäg. U das wäri für si natürlech tiptop, wes z Stand chiem, meint si. De chönnt ig de der Nika ga hüete u si chönni de chli meh ga wärche. Schliesslech müesste si ja de ds Gäld für e Hypothekarzins o ufbringe. Aber es wäri ja kes Problem, wen i gieng ga hüete, oder? De chönntisch ja de o öppe einisch mitcho.» Ds Roseli tönt begeischteret.

Bim Fahnder gseht das scho chli anders us. Obwohl er sech nüüt lat la aamerke – u als Fahnder mues er das ja so quasi brueflech chönne, syner Regige für sich z bhalte – löst di Aachündigung nid nume Fröid us. Är befürchtet nämlech, dass ds Roseli de no meh, als hütt scho, bi der Tochter u ihrem Chind wird sy. Un är de elei mues deheime gruppe. Elei Znacht choche. Elei Znacht ässe. Di Ussicht bedrückt ne, obwohl er ja es ganz guets Verhältnis zu syre Tochter u o ganz bsunders zu sym Grosschind het. Der Nika isch e härzige Stünggel un är möchti ke Minute vo de letschte vier Jahr vermisse, won er mit däm härzige Büebel het chönne zäme sy.

«Warum seisch nüüt?», wott ds Roseli wüsse.

«Eh, i bi am Überlege, weles Huus das chönnti sy. Aber i wüssti ömel grad nüüt, wo zum Verchouf usgschribe wäri», redt er sech use.

«O ne Fahnder weis nid geng alls. U ne alte Fahnder sowiso nid», macht sech ds Roseli luschtig.

«Öppis Anders no», wächslet er ds Thema: «Was hesch du nächscht Wuche a de Aabete alls los?»

Wie uf Kommando näme beidi ihres iPhone füre u teile enand d Yträg vom Kaländer mit. Es zeigt sech, dass der Fahnder, mit Usnahm vom Vorspräche im Tällspiel, süsch nüüt los het, aber ds Roseli rächt vil underwägs isch. Es het Houptversammlig vo der Spitex u geit zwöi Mal ga der Nika hüete. D Barbara heigi drum mit ere Kollegin abgmacht für i Chino ga der nöisch Film vo irgend emene amerikanische Schouspiler z luege. U dass si jedi Wuche einisch i ds Yoga göng, wüss er ja.

O das passt em Fahnder nid so ganz. Är hättis lieber, we sy Frou am Aabe bi ihm wär. Är wetti mit ihre der Aabe chönne gniesse u nid missmuetig müesse i der Stube hocke u müesse druf warte, dass si hei chunnt. Wil er aber d Stimmig a däm Aabe nid wott schlächt mache, seit er nüüt. Wurme tuets ne aber. Wie öppe einisch i der letschte Zyt, füehlt er sech missverstande. Oder ömel z Mindscht nid ganz ärnscht gno. Oder – u das fragt er sech, wo si scho lengschte ufem Wäg gäge hei sy – het äch o är sech i der letschte Zyt veränderet? Chunnt äch o är irgendwie i d Wächseljahr? Oder seit me däm bi de Manne Midlife Crisis? Är weis es nid u beschliesst, däm morn chli nache z gah. Irgendwie het er nämlech syt lengerer Zyt ds Gfüehl, sys Läbe göngi langsam hinde ache. Das Gfüehl bedrückt ne, wil er gspürt, dass da doch no meh sötti sy, weder dass scho isch gsy. Irgendwie pendlet er syt lengerem zwüsche Spätherbscht u Früehlig. Är ma nümme so – u möchti glych no vil. Är wetti nume no deheime sy u blybe u uf der andere Syte wett er ga Böim usrysse u ga Ross ställe. Es komisches Gfüehl. Es Gfüehl, wo belaschtet.

Der Veloständer steit nöierdings i der Tiefgarasch unde. E Massnahm, wo erfolgt isch, nachdäm so Schnuderhünd d Polizeivelo beschädiget hei.

Der Fahnder Flück bschliesst sy Drahtesel u trappet d Stäge uf, sym Büro zue. Är het letscht Nacht erstuunlech guet gschlafe u isch drum o guet druffe. Wil er im Momänt ke aktuelle Fall het, weis er o, dass er i dere Wuche äntleche einisch Zyt wird ha, für all das ufzrume, z erledige u nachezwärche, wo syt Tage, Wuche oder Monet isch blybe lige.

«Guete Morge Svenja», seit er fründlech zu syre Mitarbeitere.

Die hocket bereits vor em Bildschirm u erwideret der Gruess vom Fahnder.

D Svenja het sech i de letschte vier Jahr rächt entwicklet, stellt er fescht. Si isch zwar vo Aafang aa e ufgstellti u starchi Persönlechkeit gsy. Mit ihrem Usgseh, mit ihrer dunkle Hutfarb, het si bi de mehrheitlech männleche Polizischte halt mängs müesse düremache. Als Beatebärger-Tamilin – so wird si schynbar vo de einte oder andere Kollege gnennt – het sis nid geng eifach gha. U o är sälber het ja am Aafang Müei gha z verstah, dass öpper, wo nid usgseht wie Müller u Meier, Gafner cha heisse u Schwyzere cha sy. O är het d Svenja zersch müesse als Polizischtin, als Fahnderin, als Frou, als Yheimischi akzeptiere u merke, dass ds Usgseh äbe nid im Vorder-, sondern – wenn überhoupt – nume im Hindergrund darf e Rolle spile.

Ganz anders het sy ander Mitarbeiter, der Sepp Grau, reagiert. Är, wo ehnder der rächte Syte vo de politische Lager aaghört, wäri älwä no hütt der Meinig, e Fahnder heigi uszgseh, wie zwölfhunderteinenünzg der Täll chönnti usgseh ha. Un är isch älwä no hütt der Meinig, Froue ghöri i d Wohnig u a Chochhärd. U sicher nid ines Polizeicorps.

Aber o der Sepp het müesse lehre, dass d Svenja e tüechtegi Fahndere isch, wo ihn i Sache Wüsse scho im erschte Jahr rächts überholt het. U das het natürlech o nid grad derzue bytreit, dass der Sepp zu der Svenja e positivi Ystellig het übercho. Erschwärend isch derzue cho, dass d Svenja der Sepp als Götti usgläse het gha un är dür das ihre im erschte Jahr sys Wüsse het müesse wyter gä. Öb er het wölle oder nid. Mittlerwyle isch aber d Beziehig zwüsche dene Beide so stabil, dass der Fahnder zfride darf feschtstelle, dass er es kompetänts u starchs Team zäme het.

U si ergänze enand o sehr guet.

Är, der Fahnder, isch ehnder der Dänker. Der Kombinierer. Dä wo meh dänkt als redt. Un är isch der Chef. Das aktzeptiere die beide Andere.

Der Sepp isch langsam. Gmüetlech. Dür das aber o weniger explosiv. Är würdi nie vorschnäll urteile. Nid nume, wil ers nid wetti, sondern eifach wil ers nid chönnti. Ufem Polizeiposchte z Interlake gits wohl ke langsamerere Polizischt als ihn. U der Fahnder hätti ne scho mängisch i ds Elsass gschickt, wen er hätti chönne. Der Sepp het ne mit syre Langsamkeit scho mängisch i d Wyssgluet tribe. Aber äbe: Är het em Sepp de o scho z verdanke gha, dass er nid voreilegi Schlüss zoge het, sondern dass er sech ds Ganze no einisch het müesse überlege – währenddäm er ufe Sepp het müesse warte.

D Svenja steit zwüsche ihne. Si isch rächt flexibel, schnäll, aber nid z schnäll. Si cha Zämehäng gseh, cha analysiere u cha o sehr, sehr stuur sy, wes drufab chunnt.

«Ferie!», brüelet der Sepp, won er i ds Büro yne chunnt.

Nid nume der Fahnder, sondern o d Svenja erchlüpft.

Der Sepp isch normalerwys e Morgemuffel. Eine, wo zersch zwöi Mal bi der Gaffeemaschine verby mues, bevor sys Motörli louft. So ab de Nüne cha me ne de normalerwys aafa belaschte. We me vorhär öppis vo ihm brucht, mues me dermit rächne, dass mes nid überchunnt.

Drum isch di hüttegi Morgebegrüessig usgsproche ussergwöhnlech.

«Hesch gwunne?», fragt der Fahnder.

«Was gwunne?», seit der Sepp irritiert.

«Eh Ferie dänk, dass scho am Morge em halbi achti so ufgstellt tuesch», erklärt d Svenja.

«Nei. Nid gwunne. Buechet han i! Lueget da.» Är gheit e Ferieprospäkt ufe Tisch u erklärt: «Last Minute han i buechet. Z Thailand. Gnau gno z Phuket. U no gnauer im Hotel Thekee Resort u Schpa.»

D Svenja lachet: «Dys Änglisch söttisch aber de scho no chli verbessere. Ds Hotel heisst nämlech The Kee Resort and Spa. Also the ...», dermit leit si es Bleischtift der höchewäg uf ihrer Lippe, stosst mit der Zunge dra u seit no einisch: «The, seit me. Probiers doch grad us. The ...»

Der Sepp isch ab dere Lektion nid grad begeischteret u meint: «I mues dert nid Änglisch chönne. U wie das Hotel uf Änglisch richtig heisst, isch mer eigetlech o Wurscht. Es isch ganz sicher schön dert u das isch d Houptsach.»

«Wiso hesch de ds Gfüehl, dass es dert schön isch», wott der Fahnder wüsse. Zwar meh, dass er o öppis gseit het, als dass es ihn würdi interessiere.

«Loset einisch, was da steit: All inklusive Hotel. Also alls gratis. Ds Ässe, ds Trinke, alls.»

«U ds Schlafe o?», föpplet der Fahnder.

«Eh ja. Logisch, oder?»

«Steit das de o amene Ort gschribe?», zündet der Fahnder wyter. «Oder merksch de ersch we de dert bisch, dass si der dys Näscht ine Bäsechammere gstellt hei. Gstellt, nid gleit ...» Derzue lachet er.

«Dir chöit mir d Ferie nid vermiise, mit öine Bemerkige. I ha nämlech es würklechs Schnäppli verwütscht. Loset, was da steit: Das stilvoll dekorierte Hotel The Kee Resort and Spa» u würklech, der Sepp probiert sogar d Ratschläg vo der Svenja ufznäh, «weist eine moderne Sino-Portugiesische Atmosphäre auf und befindet sich inmitten des Vergnügungsviertels Patong. Die Zimmer sind hochmodern und farbenfroh eingerichtet. Es verfügt über zahlreiche erstklassige Serviceleistungen und Annehmlichkeiten, under Anderem Dachterrassen-Lounge und Restaurant mit wundervoller Aussicht und einem riesigen Pool mit Springbrunnen im Lagunen-Stil. Die berühmte Bangla-Road mit ihrem pulsierenden Nachtleben und zahllosen Bars und Restaurants kann leicht zu Fuß erreicht werden. Ein angesagter Ort, um Patong zu erleben. – Was säget dir jetze? Es Superhotel zumene Superpris! Last Minute sei Dank!» Der Sepp strahlet.

Der Fahnder würds gluschte, ihn no chli z föpple. Wil er aber weis, dass der Sepp nächär während em Räschte vom Tag e Stei würdi mache u zu nümme vil z bruche wäri, verzichtet er druf u seit: «Tönt guet. I hoffe, dass di de guet chasch erhole u gsund u zwäg wider hei chunnsch. Du chunnsch doch wider? Oder wosch de grad dert blybe?»

Der Fahnder het di Frag eigetlech ehnder symbolisch gmeint.

Der Sepp stygt aber voll druf y u meint: «Die Idee han i o scho gha. Es cha ja nid ds Ziel vom Läbe sy, jede Tag cho z bügle. U de Lumpehünd nache z seckle bis i füfesächzgi bi, han i o nid im Sinn. Drum wirden ig mir, wen i de dert bi, chli Gedanke mache, öb i nid grad dert wölli blybe u irgend es Strandbeizli wölli uftue. I kenne da e Kolleg, dä het das gmacht u isch schynbar schnäll rich worde. Wärche tüei er nümme. Läbi nume no vo de Ynahme, wo syner Aagstellte ihm erwärchi. Weisch wie schön?»

«Weisch wie längwylig, we de ke Ufgab meh hesch? Ömel i wetti das nid», stellt d Svenja fescht.

«Chönntisch du o gar nid. Bisch ja nume e Frou. U d Froue bruches dert äne für anderi Sache, als für Gschäft z füehre.» Der Sepp brucht nid z erkläre, dass er dermit ds Nachtläbe a der Bangla-Road meint.

«Z ersch tüe mer aber no der Fahndigslade z Interlake füehre, we dir yverstande syt.» Der Fahnder blocket dermit es Thema ab, wo geng wider zu Ribereie füehrt: Der Sepp u sy spezielli Beziehig zu Froue. «Chömet! Mir wei ueche ga lose, was d Obrigkeit z brichte het.»

Zäme trappe si d Stäge ueche i ober Stock u dert i ds Sitzigszimmer. Der allmorgetlech Rapport steit aa. Es Ritual, wo mängisch wichtig u mängisch unnötig isch. Zwüschyne wird a däm Rapport koordiniert u abgsproche. U mängisch – so wie hütt – läärs Strou dröschet. Palaveret. Oder – wie der Fahnder der Meinig isch – es wird gredt, nume dass gredt isch.

Der Konrad Hess, sy Poschtechef – u gar nid öppe sy Fründ – brucht d Rapportplattform für sech z profiliere. Brucht se, für der Chef füre z chehre. Das ergeret der Fahnder i regelmässige Abständ. Wil er der Meinig isch, als Chef müessi me nid der Chef füre chehre, sondern müessi dür ds Verhalte, dür ds Vorusgah, dür ds Zeige, dass me Verantwortig übernimmt, de Mitarbeiter ds Gspüre gä, dass me der Chef isch. Drum grate der Fahnder u der Poschtechef wäge der Profilierigssucht vom Hess öppe einisch anenand.

Hüt aber nid. Der Fahnder isch z guet ufgleit, als dass er Luscht hätti, mit em Hess es verbals Gfächt z füehre. Di Drü göh drum nachem Rapport gmüetlech wider d Stäge ab, ihrne Büro zue.

Bevor si aber a d Arbeit chöi, wott ne der Sepp no öppis zeige: «My nöischti Errungeschaft!», strahlet er. Fasch wie vori, bim Erkläre vo sym Schnäppli.

Das Mal geits aber um Technik.

«Es nöis digitals Ufnahmegrät», seit er.

«Was isch de da nöi dranne? Di gits ja scho lang», stellt der Fahnder, wo süsch technisch nid grad ufem nöischte Stand isch, fescht.

«Natürlech gits die scho lang. Ds Spezielle a däm Grät isch d Software. Di nimmt nämlech nid nume alls Gseite uf, sondern schrybts ds Gseite o no grad. Mit zwe, drei Klick han i nächär e Word-Datei. Also fertig mit müehsam Protokoll erstelle. Fertig mit nachegrüble, was dä denn gseit het, wien ärs äch gnau gmeint het u wien igs de söll uf Papier bringe. Zwe, drei Klick u fertig isch ds Protokoll.»

«U das funktioniert?» Der Fahnder zeigt sech skeptisch. Dänkt aber, won er überleit, wie lang der Sepp mängisch amene eifache Protokoll desumechnüblet, dass das scho no e gäbegi Sach wäri.

«Natürlech!» Der Sepp strahlet no grad einisch.

«Svenja, gib mer der Ferieprospäkt uf mym Pult. De zeige nech grad, wie das geit.»

Är startet das Grät u list d Hotelinformation, won er vor ere Halbstund de Beide scho vorgläse het gha, no einisch lut vor. Won er fertig isch, drückt er ufem Grät desume, schliesst das a sy Computer aa u seit: «Lueget da! Läset! Genau so, wien igs gseit ha, steits hie ufem Bildschirm.»

D Svenja u der Fahnder läse.

Du meint d Svenja: «Es het zwar scho no es paar Fähler druffe. Aber we me nume no die müessti korrigiere, de wäri das natürlech scho ne Erliechterig. Was meinsch du derzue, Franz?»

Dä überleit u meint du: «Es isch ja nid alls nume guet, wo d Techniker entwickle. U viles isch eigetlech o total unnötig. Aber das hie chönnt ig mir no vorstelle, i üsem Bruef yzsetze. Mal luege, wie sechs i der Praxis bewährt. Aber äbe. Mir hei nid nume Protokoll z schrybe, sondern hei o no anderi Arbeite z erledige. Drum würd ig vorschla, dass mer drahi göh u für hütt d Technik lö la Technik sy. Danke glychwohl, Sepp, für dy Instruktion. U danke o, dass du di für Nöis däwä interessiersch. Vil Glück u Erfolg mit dym nöie Grät.»

Rüehme isch süsch nid grad das, wo der Fahnder am Liebschte macht. Aber hie hets ne düecht, dörf er em Sepp scho chli buuchpinsle.

Im Büro luegt der Fahnder, öbs im Intranet, em zentrale Informationssystem für d Polizei, öppis Interessants gäb. Aber är findet nüüt.

Es isch ihm chli längwylig. Arbeit hätt er zwar scho. Aber nume settegi, wo nid so dringend isch u vor allem settegi, won er nid so gärn macht. Drum lat er d Gedanke no chli la weide u dänkt a ds Tällspiel. A sy alti Rolle als Friesshardt. A sys Vorspräche als Fürst u als Pfarrer Rösselmann.

Grad won er i d Schublade ache reckt für ds Textbuech für di nöij Spielsaison füre z näh, geit d Tür uf u der Konrad Hess stolziert i sys Büro yne. Hinder ihm e Frou. E attraktivi, jungi Frou, wie der Fahnder sofort feschtstellt.

«Frou Jäggi, darf i öich der Fahnder Franz Flück vorstelle? Wien er isch, wärdet dir sicher schnäll usefinde. Franz, das isch d Frou Jäggi. Si isch Polizeipsychologin u wird di nächschte Monet uf üsem Poschte es Praktikum mache.»

«I bi der Franz», seit der Fahnder u streckt der Psychologin sy Hand entgäge.

«Un i bi d Bea. Fröit mi, Franz. I hoffe, mir wärde e gueti Zämearbeit ha. We de Frage hesch, de mäld di ruehig. U vilecht chöi mer ja de o einisch zäme über my Funktion innerhalb vo der Polizei brichte. Di isch ja no nid a allne Orte so bekannt. U ds Unbekannte isch bi üs Polizischte ja öppe einisch o chli das, wo mer ablehne. Mir läbe ja z gärn i gwanete Muschter. Drum würds mi fröie, wen ig dir einisch chönnti cho zeige, was mit gschickter Psychologie alls müglech isch.»

Der Fahnder füehlt sech chli ertappt, wil er genau so dänkt, wies d Bea seit: Wiso sötti är so ne Psychotante bruche? Das isch bis jetze ömel o ohni ggange. Un är ströibt sech mit Hut u Haar dergäge, dass me alls verpsychologisiert, dass me alls probiert z erkläre, oder z begründe, oder z ergründe. Är isch der Meinig, das bruchis nid.

Uf der andere Syte isch di Bea scho ne härzige Chäfer. U d Ussicht, einisch mit ihre zäme es Gaffee z näh, tribt ne du doch zu der Ussag (wo o der Hess erstuunt zur Kenntnis nimmt): «I chönnti mer durchus vorstelle, einisch über dyner Müglechkeite z philosophiere. I mälde mi, we de ygrichtet bisch, u einisch Zyt hesch.»

Der Hess, wo insgeheim ghoffet het, dass sech der Flück stuur wärdi stelle – de hätti är drum de d Müglechkeit gha, vor der Bea Jäggi der Chef füre z chehre – stolziert grad äxtra mit glüpftem Chopf zum Büro us. Dä Flück söll nume nid meine, är chönni ihn, der Hess, mit so konträre Ussage usem Konzept bringe.

O der Fahnder weis natürlech, wiso der Hess zum Büro us stolziert, wie wen er e Bäsestil ggässe hät. U drum grinset er de Beide nache. Das Grinse chönnti aber o dervo cho, dass di Bea Jäggi nid nume vo vorne sehr attraktiv usgseht.

Är steit i der Toilette vor em Wäschtisch. Mit der einte Hand probiert er ds Textbuech so vor sech häre z ha, das er ds Gschribne cha abläse. Mit der andere Hand probiert er d Ussag, won er stolz usetreit, z undermale. U ds Ganze betrachtet er im Spiegel: «So müssen wir auf unserm eigenen Erb und väterlichen Boden uns verstohlen zusammenschleichen, wie die Mörder es tun, und bei der Nacht, die ihren schwarzen Mantel nur dem Verbrechen und der sonnenscheuen Verschwörung leihet, unser gutes Recht uns holen, das doch lauter ist und klar, gleich wie der glanzvoll offene Schoss des Tages», seit er ärnscht u luegt dry, wie wen er der Herrgott persönlech wär. Der Fahnder isch so i dere Rolle inne vertieft, dass er nid merkt, dass der Konrad Hess d Tür zu der Toilette ufta het u ne interessiert beobachtet.

Wo der Fahnder wyter fahrt u voller Ehrfurcht seit: «Er sei der Amman und des Tages Haupt! Wer dazu stimmt erhebe seine Hände», fahrt ihm der Hess dry mit: «Wir wollen sein ein einig Volk von Polizisten. Und nicht verwechseln Freizeit mit der Büez. Wir wollen Angestellte sein und uns auch so verhalten. Nicht Theater, sondern Arbeit bringt des Tages Lohn.»

Der Fahnder erchlüpft. Är schämt sech o chli. Grad usgrächnet der Hess verwütscht ne bim Probe. Grad usgrächnet dä stellt ne bloss.

Ohni ihm es Wort z säge, geit er zu der Tür us u verschlüft sech i sym Büro.

Är het aber nid mit der Hartnäckigkeit vom Poschtechef grächnet. Dä geit ihm nache u seit: «Wes de em Herr Fahnder Flück öppe sötti chli längwylig wärde, de söll ers de nume ruehig säge. I hätti ihm de scho Arbeit. U zwar settegi, wo vom Stüürzahler finanziert wird, nid vom Tällspiel.» Dermit dräit er sech um, geit zu der Tür us u knallt die mit eire Wucht zue.

Der Fahnder hocket da, wie nes Hüffeli Eländ. Es verleidet ihm alls. Der Bruef, wo geng wie gnietiger wird, der Hess, wo syner Machtspieleni uf sym Buggel spilt, d Mitarbeiter, won är ds Gfüehl het, si sygi o gäge ihn, ds Roseli, wo nümme so isch wie früecher, der Nika u d Barbara, wo wider meh Platz i ihrem Läbe ynäme u d Bea Jäggi, di Psychotante, wo ihm no wott der Gring verdrääie. Ähh!! Es stinkt ihm. Am Liebschte gieng er ...

«Franz, mir hei e Alarmmäldig yne übercho.» D Svenja luegt uf ihre Block ache: «Z Seebad, im Chol-choseblock», derzue lüpft si d Achsle u zeigt dermit, dass si mit däm Wort gar nüüt cha aafa, «näbe der Ländti, isch schynbar gschosse worde. Es ligi e Tote im Garte. Di stationäri u di mobili Polizei syge scho vor Ort u heigis schynbar im Griff. Si verlange d Fahndig. Chunnsch?»

D Svenja steit im Türrahme u luegt der Fahnder aa. Si merkt nüüt vo sym Gfüehlsusbruch, wo nume es paar Sekunde zrugg ligt. Si registriert nume, dass sech der Fahnder zwäg macht, sech aaleit u gäge d Tür zue stüüret.

D Svenja sitzt hinde. Am Stüür der Sepp. Näbe ihm stieret der Fahnder dür d Outoschybe i ds Näbelgrau use.

Rägne tuets zwar nümme, aber Früehligsgfüel chöi bi däm Wätter kener ufcho. Si fahre gäge Seebad. Jedes hanget syne Gedanke nache.

Blauliecht u Sirene hei si nid ygschalte. Der Sepp hätti zwar gärn. Aber är weis, dass es der Fahnder nid gärn het, we d Bevölkerig gseht u ghört, dass d Polizei underwägs isch. Das gäb nume unnötig Arbeit, meint er albe. Blauliecht u Sirene ziehi d Lüt aa, wie der Mischt d Flöige. U amene Tatort göngs ja genau um ds Gägeteil. Es göng drum, dass me müglechscht wenig Lüt vor Ort heigi, wo eim e sturme Gring machi u ds eigete Gsichtsfäld yschränki.

Settige Gedanke cha der Sepp nid vil abgwinne.

Aber är het sech mittlerwyle dra gwöhnt, dass sy Chef mängisch nümme mit der Zyt geit u no so altvätterischi Aasichte het.

O dä mit em Outofahre ghört zu dene. Jahrelang isch nume är gfahre. Het nume är gwüsst wodüre. Kene het a ds Stüür dörfe. Uf ds Mal het er afa Füehrigsgrundsätz füre näh. U eine vo dene isch gsy: Wer führt, fährt nicht. Syt denn hocket er nume no näbe dranne – ussert er heigi niemer, wo ds Outo fahrt. Denn mues er – wien er seit – halt sälber dä Göppel desumekurve. Der Sepp fahrt ja gärn Outo. Aber mängisch hätti ärs o gärn, wen er umegschoffiert würdi, chli chönnti i d Wältgschicht useluege u de Gedanke nachegah.

U warum d Svenja nume denn darf fahre, we der Sepp nid derby isch, wott ihm o nid ylüchte. Die chönnti ja o einisch pilotiere un är, der Sepp, chönnti hinde inne hocke, wie ne König. Aber äbe. Der Fahnder het synerzyt entschide, dass d Svenja hinde söll hocke. U söll dänke. Grad wien är, der Sepp, nid o chönnti u würdi dänke.

Fruschtrierend!

«Halt da vorne rächts aa», underbricht der Fahnder syner Gedanke.

«I ha gmeint ...», seit der Sepp, wird aber vom Fahnder schroff underbroche: «Aahalte, han i gseit.»

Der Sepp folget. Wie geng, we der Fahnder so sachlech tönt. Si styge nid us.

Der Fahnder wartet e Momänt, bis das er seit: «Mir göh jetze de dert ache. Un i wott, dass dir wenig redet, vil dänket u no meh lueget. U zwar wyter als übere Nasespitz us. Seebad isch zwar es idyllisches

Dörfli. Aber der Schyn bländet eim mängisch u verdeckt eim der Blick für ds Ächte, ds Wesentleche. Näht nech no nes Bild vo däm Dörfli. U de wei mer drahi.»

Alli Drü luege zu de Hüser, wo vor ihne, chli wyter unde, lige.

Es isch numr es chlyses Dörfli, das Seebad. D Strass schlänglet sech vo obe ache zu dene paar Hüser unde am See. Dä isch grau, macht e gfährleche Ydruck u würkt fasch chli abstossend. Ds andere Ufer gseht me nid. D Näbelfätze recke mängisch fasch bis uf ds Wasser ache u tüe der Blick i d Wyti zue. Me gseht, dass Seebad anere Sunnelag ligt. Ds Grüen vo de Matte isch scho wesentlech wyter, weder öppe uf der Höhematte z Interlake. U o d Blueme i de Gärte lüchte stercher, als a vilne andere Orte i der Region.

Die Lag isch älwä o der Grund, warum im Summer sehr vil Tourischte uf Seebad fahre. Aber nid nume. Seebad het i de warme Jahreszyte no meh z biete, als blüemleti Trögli u Sunnestrahle. Der See natürlech. Uf däm tummle sech allergattig Schiff u Boot. U nöierdings o no es Schnällboot, wo aber – wie fasch alls, wo i dere Gägend nöi u unbekannt isch – zersch, statt Wasser, afe einisch vil Stoub ufgwirblet het. Mediale u Politische.

Seebad het o nes Strandbad. Es Bekannts. Leider! Säge die, wo ungstört wette sy u sech Wuchenänd für Wuchenänd ab de zuechefahrende Outo närve.

«Wei mer nid äntleche?», fragt der Sepp, wo scho lenger ungeduldig mit de Fingerspitze ufem Stüürrad desume klimperet. Är mag di Warterei nid. We doch Büez ume wär. Är weis aber, dass der Fahnder das

Ritual pflegt. Fasch geng pflegt. Bi jedem no so chlyne, aber o bi jedem grosse Ereignis, lat dä sech nid eifach ufe Ysatzplatz fahre u faat mit de Abklärige aa, sondern lat ihn churz vorhär aahalte, damit sech jedes – wien er seit – cha sammle. Ömel är, der Sepp, bruchti sech nid z sammle. Wes heisst, z Seebad sygi gschosse worde, de isch das für ihn Aatrieb gnue, für ga z luege, was passiert isch.

Aber äbe: der Fahnder! Är isch un är blybt e komische Chouz. Der Sepp trümelet no einisch mit de Fingerspitze.

«Mol. Fahre mer!», entscheidet der Fahnder.

U wider ohni z rede, kurve si ache a See. Ache zumene Ysatzort, wo kes vo dene Drü weis, was ihns dert erwartet.

Si müesse der Ort nid sueche. Scho vo wytem gseh si di beide Ysatzouto. U o zwee Polizischte, wo uf der Chüehlerhube vom Fahrzüg am Schrybe sy.

Der Fahnder geit vorus, d Svenja hinde nache u der Sepp trappet – wie geng – imene gwüsse Abstand hinde dry. Är het d Nase no nie gärn z vorderscht gha.

«Grüessech zäme», faat der Fahnder mit der Begrüessigsrundi aa. Me kennt sech u brucht sech drum nümme gägesytig vorzstelle.

«Hallo zäme», chunnt der Gruess zrugg.

U wie usem Schuelbüechli informiert der uniformiert Polizischt d Fahndig über das, wo si atroffe hei. Derzue nimmt er sys Büechli füre u list ab: «D Alarmmäldig isch Nüüni-Achtedrissg, bi der Regionale Ysatzzentrale z Thun, ytroffe. Gmäldet isch worde, dass vor em Cholchoseblock – so d Mäldig – vor em Cholchoseblock öpper sygi erschosse worde. Gmäldet het das e Herr Grunder. Är isch Mitbewohner i däm Huus. Wyteri Informatione het er nid chönne gä. Mir vo der stationäre Polizei sy grad z Unterseen underwägs gsy u sy du i Richtig Seebad gfahre. Di mobili Polizei isch o i der Nechi gsy u drum sy mer fasch zytglych aacho. Mir hei abgsperrt u ne Trampelpfad ygrichtet. U du hei mer d Lüt ...»

«Danke vil Mal für di Informatione. U nüüt verunguet, wen i di hie underbriche. Aber was d Lüt hei u wie d Umgäbig isch, wette mir drum sälber erfahre u ga aaluege. Süsch sy mer scho vorygno. I weler Richtig ligt der Tatort?» Der Fahnder seit das ussergwöhnlech fründlech.

Der Sepp nimmt einisch meh zur Kenntnis, dass dä scho chönnti anders sy, wen er wetti. Aber zu ihm – ömel so düechts ne – isch er no sälte bis nie so nätt gsy, wie jetze grad zu däm Polizeikolleg.

«Ds Wohnhuus gseht dir. Hinde dranne sygs schynbar passiert.» D Antwort chunnt churz u bündig.

D Fahndigsgruppe geit langsam däm Huus zue. Underwägs begrüesse si no e wytere Polizischt. Är louft syne beide Kollege zue.

Churz vor em Huus fragt se e Frou ufgregt: «Syt dir der Kommisar? Oder der Kriminalischt? U das sy öier Ghilfe, gället? Wüsst er i luege drum ...»

«Schöne – guete – Morge – Frou ...?», macht der Fahnder u zieht di Wort i d Längi, wie wen er Liim uf der Zunge hätti. Derzue luegt er di Person aa. E elteri, pummelegi Frou steit vor ihm. Si schynt nid allzu pflegt z sy. Ömel di längleche, graue Haar, hange i Strähne über ihre Chopf ab. Di einti Backe isch komisch rot. Der Fahnder cha das Bild no nid yordne. Är lüpft chli der Chopf. Si weis, was er dermit wott säge.

«Grunder. Maria Grunder», seit die churz spitz u wott grad wider wyterfahre mit lafere.

D Svenja nimmt se am Arm u geit mit ere zrugg zu de Polizeifahrzüg. Dert packt si es Netbook us u fat aa, all das i das Grätli yne z döggele, wo ihre d Frou Grunder z brichte het. Nüüt Wichtigs, wie sech später wird usestelle.

Mit churze u langsame Schritt bewege sech derwyle der Fahnder u der Sepp wyter gäge ds Huus.

Wo si ume Egge chöme, gseh si dert e wytere Polizischt stah, wo offesichtlech erliechteret isch, dass si chöme. O är wird begrüesst.

«Das hie isch der Herr Grunder. Är het d Mäldig a d Ysatzzentrale gmacht. Hie het er mer gseit, dass us dere Mansarde da obe sygi gschosse worde. Mir sy du ueche ga luege. D Mansarde sy alli bschlosse u mir göh dervo us, dass der Täter gflüchtet isch. Sicherheitshalber hei mer eine vo üs bi der Hustür äne positioniert. Me weis ja nie. Chan ig mi zrugg zieh oder bruchet dir mi hie no?»

Är isch no jung u der Fahnder vermuetet, dass er no nid mängisch amene würkleche Tatort isch gsy. «Du chasch zu dym Kolleg zum Husygang. Aber wartet de dert no e Momänt. Vilecht hei mir nächär no es paar Frage a öich.»

Der jung Polizischt verabschidet sech höflech bim Grunder u zieht sech du übere Trampelpfad zrugg.

«Herrrr Kommissssar», meint der Grunder wichtig u blast sech derzue uf, e Pfau würdi lächerlech erschyne dernäbe.

«Fahnder», seit der Sepp troche.

«Herrrr Kommissssar», seit der Grunder no einisch, wil er em Sepp sys Wort ignoriert.

Aber dä lat nid locker u meint no enisch – aber das Mal chli lüter: «Fahnder.»

«Was, Fahnder? Kommissar syt dir doch? Oder nid? Oder wenn chunnt de der Kommissar? I wott e Zügeussag mache. I bi der Einzig, wo der Tathärgang cha schildere. Der Kommissar mues mi yvernäh. Mues mi usquetsche …»

«… u nech de i Handschälle abfüehre, nech i d Chischte gheie u nech für zwänzg Jahr mit Wasser u Brot fuetere?» Der Fahnder tritt i Erschynig u em Grunder gseht me aa, dass er nümme drus chunnt. Sys Muul blybt zwar offe, aber Tön chöme kener meh use.

Der Fahnder wider: «So. Herr Grunder. Jetze afe emal alls der Reihe na. Grüessech, seit me doch bi üs, we me sech trifft, oder? Also: Grüessech Herr Grunder.»

«Grüessech», meint der Grunder mutz.

«Im Kanton Bärn seit me däm, wo dir vo de dütsche Fernsehkrimis här kennet, nid Kommissariat, sondern Fahndig. U drum bin i o nid e Kommissar, sondern e Fahnder. Fahnder Flück, heissen i. Das hie isch my Kolleg, der Fahnder Grau. U dir syt also der Herr Grunder?» Derzue git er ihm d Hand u wyst der Sepp aa, ds Glyche z mache.

Wo di Begrüessigsrundi düre isch, zieht der Fahnder sys schwarze Büechli füre u der Sepp chnüblet a sym nöie Ufnahmegrätli desume. Wo si beid parat sy, faat der Fahnder aa mit Frage stelle: «Was heit dir beobachtet, Herr Grunder?»

«Gchlöpft hets. U tätscht. Gschosse isch worde. Vo dert obe. U da, hie unde, isch öpper gheit: Höri ab u tot. Schwarz sächs. Päng – furt. Churz spitz!»

Der Sepp närvt sech ab däm Redeschwall. Me merkts. Un är isch froh, dass er der Fahnder bi sech het. Wil er weis, dass dä i settige Situatione e Ängelsgeduld cha ha u sech mängisch unändlech lang Zyt cha näh, für das usezübercho, wo würklech passiert isch.

«De heit dir, Herr Grunder, also gseh, dass vo dert obe isch gschosse worde?», fragt der Fahnder.

«Natürlech hanis gseh. Süsch hätti ja chuum em hundertsibezähni – gället i bi doch guet, dass i öies Nummero uswändig weis? – aaglüte. Ig! Ig elei ha der Tathärgang gseh. I bi der Einzig wo weis, was da ggange isch.»

«Ussert dere Person, wo gschosse het.»

«U ussert dere Person wos preicht het. De wäres also scho Drei, wo sy derby gsy.»

Das Wächselspieli zwüsche Fahnder u Sepp isch ygüebt. U si heis nid zum erschte Mal brucht. Erfahrigsgmäss tüe sech d Züge – ömel we si sech so exklusiv füehle, wie dä Herr Grunder da vor ihne – total überschetze u chöme drum de o zu Ussage, wo nid bruchbar sy.

So ischs halt o d Ufgab vo der Fahndig, sech di gmachte Beobachtige so würklechkeitsnah wie müglech la z schildere. Mängisch e gar nid eifachi Ufgab, wils doch Lüt git, wo z vil Fernsehkrimis luege u drum meine, si dieni der Fahndig, we si ihri Fantasie löie la galoppiere.

Während em Brichte het der Fahnder sech es Bild übere Grunder gmacht. Dä Maa isch öppe sibezgi. Wysshaarig. Die gseht me aber chuum, wil di wenige Haar won er no het, ganz churz gschnitte sy. Mit de wysse Haar steit sy ehnder rötlechi Gsichtsfarb im Kontrascht. Chli e höche Bluetdruck? E Gedanke, wo der Fahnder nume churz streift. Uf jede Fall isch dä Mano da vor ihm nid allzu sportlech. Sy Buuch wölbt sech rächt überem Hosegurt. U Roucher isch er o. Starche Roucher sogar. Das gseht der Fahnder de gälbe Spuure am Zeig- u Mittelfinger vo der rächte Hand aa. U richtig. Grad wo der Fahnder mit de Frage wott aafa, zieht der Grunder es Päckli Marlboro füre.

«Rouchverbot!», rüeft der Fahnder u het em Grunder der Zeigfinger uf. «Aber, aber, Herr Grunder. Bimene Tatort wird doch nid groukt. Dänket doch a d Spusi. A d Spuuresicherig. Süsch syt dir de uf ds Mal no der Tatverdächtig. Heit dir Zigarette groukt, syt dass dir üs telefoniert heit? U wenn ja: Möget dir öich no dra erinnere, wo dir di groukti Zigarette häre gspickt heit?»

Der Sepp versteit di Frag nid ganz.

«Natürlech han i müesse rouke. Da rouket de nid, we dir e Mord chöit beobachte. Aber wägspicke? Sicher nid. Geits de no? Um üses Huus um wärde kener Zigarette am Bode duldet. – U mir hei re glych!», meint er resigniert. «Ömel we im Summer de das junge Gsindel uf Seebad chunnt. Di hei ja ke Ahnig meh vo Ornig. Soupack! Loufe hie düre, em Spielplatz – em sogenannte Fun-Park zue ...» me ghört, dass ihm das änglische Wort ganz u gar nid passt «... u de spicke si de underwägs ihrer Zigarettestummle i üses schöne Hortensiebandeli. Souhüng sy das. Souhüng!» U wie wen er dere Ussag no der nötig Usdruck wetti gä, choderet er a Bode.

Sogar der Sepp gruusets. Der Fahnder überleit churz, was äch besser syg, Zigarette oder ...

«Wei mer a Tatort?», fragt der Sepp, wils ne düecht, Ygangsgspräch syge jetze gnue gfüehrt.

«Mir sy am Tatort, Herr Kommissar!», rüeft der Grunder mit der Betonig uf ds «sy».

«Aber vo wo us isch de gschosse worde?», nimmt o der Fahnder d Ermittlige wider uf.

Der Grunder trappet vorus, uf d Rücksyte vom Huus. Oder äbe uf d Vordersyte. Je nachdäm, was eim wichtiger isch. Öb der Garte oder der See.

Das Huus ligt, nume trennt vom Strand u vomene Strässli, diräkt am See. Der Husygang ligt seesytig u d Gärte sy hinder em Huus aagleit. Also vom See wäg. Mit emene Blitzgedanke fragt sech der Fahnder, wiso die das Huus so bboue hei. Es wäri doch logischer gsy, der Garte zwüsche Huus u See z plaziere.

«So. Da sy mer», seit der Grunder.

Der Fahnder isch mit de Gedanke o wider zrugg. «Us däm Mansardefänschter het öpper gschosse. Us däm da obe. Us däm mit de gälbe Vorhäng.»

Jetze isch der Grunder afe chli ruehiger. Drum fahrt der Fahnder mit syne Frage wyter: «U uf wän isch de gschosse worde?»

«Das weis i äbe nid! Leider!» Me gspürt der Erger

vom Grunder. Är wetti de Fahnder chönne säge, wär u wie u warum. Wetti dä Fall sälber löse.

«Dir heit also gseh, dass da obe isch gschosse u da unde öpper isch preicht worde?» Das Mal fragt der Sepp.

«Sägeni ja!»

«De sägets no einisch. U zwar so usfüehrlech wie müglech. Löt nech nume Zyt.»

Der Sepp u der Fahnder warte interessiert. Der Fahnder het sys schwarze Büechli hinder em Rügge versteckt u o em Sepp sys Ufnahmegrät gseht me nid.

«Also. I bi hie ume Egge cho z loufe, ha gseh, wie dert obe öpper e Gwehrlouf zum Fänschter us streckt, ha e Schuss ghört u gseh, wie öpper hie unde zäme- gheit. Tod. Erschosse.»

Der Grunder tschudderets.

«De heit dir also gseh, wie da obe e Chugle zum Louf us isch cho u da unde e Mönsch preicht het», fasset der Sepp zäme.

«Spinnet dir? Weit dir mi ufe Arm näh? He, i bi Je- ger u weis, dass me e Chugle nid gseht! I widerhole no einisch – u bitte schrybets uf, we dirs nid chöit bhalte! – i ha dert obe e Gwehrlouf gseh, e Schuss ghört u ha gseh, wie da unde öpper tod zämebricht.»

Der Fahnder lächlet uf de Stockzähn, wil er d Us- sag, dass er öpper tod het gseh zäme bräche, luschtig findet. Gseh tod zämebräche. Wie we me der Tod chönnti gseh ...

Der Sepp findet d Ussag nid so luschtig: «Dir syt also Jeger? De chöit dir mir aber o folge, wen i öich jetze säge, dass das gar nid müglech isch, was dir üs da verzellt heit. Wil: We dir dert ueche gluegt heit u dert e Schuss ab isch, heit dir unmüglech chönne gseh, wie der Schuss da unde aachunnt u öpper tötet het. Stimmts?»

«Eh dir tüet jetze ömel o spitzfindig.»

«Das isch d Ufgab vo der Fahndig, Herr Grunder», erklärt der Fahnder. «Aber mir wei jetze no nid z starch i ds Detail gah. Üs gnüegt vorlöifig afe, dass dir üs säget, dass dert obe usem Mansardefänschter isch gschosse worde u dass dä Schuss da unde öpper preicht het. Wän dass er preicht het, wüsset dir nid. Heit dir e Vermuetig?»

Der Grunder luegt der Sepp aa, wil er däm wott säge, dass dise hie de scho chli es bessers Gspüri heigi als är.

«Nei, i weis nid, wär das isch gsy. I ha di Person ja nume ganz churz gseh – u du isch si hinder däm Gebüsch dert z Bode.»

Em Fahnder fallt uf, dass di Ussag ehnder e chli lauer chunnt, als di vordere Feschtstellige. Aber är bohret nid wyter.

«U was heit dir du drufache gmacht?»

Der Grunder wott wyter füre loufe. Aber der Fahnder het ne zrugg: «Dir syt also denn, wo isch gschosse worde, genau hie gstande?», bohret der Fahnder no einisch nache.

«Sägeni ja», chunnts schnippisch.

«U nächär?», fragt der Sepp äbe so spitz.

«Nächär bin i zrugg zum Husygang u ueche i my Wohnig ga telefoniere.»

«Ohni z luege, was mit em Opfer isch?» Der Fahnder u der Sepp luege erstuunt dry.

«I ha nech ja gseit, dass es da nüüt meh z luege ggä

hätti. Als Jeger weis me sofort, öb no läbig oder tod.»

Über di Erklärig stuune di Beide no grad einisch. Wil die zwar vilecht bimene Jeger, wo sälber ufenes Tier schiesst, mag zueträffe. Sicher aber nid für eine, wo zueluegt, wie uf öpper gschosse wird. Si säge aber nüüt derzue.

«U nachdäm dir telefoniert heit gha? Syt dir i d Mansarde ueche oder i Garte ache? Immerhin het sech ja der Täter no i der Mansarde ufghalte. Dä wäri ja nid so schnäll d Stäge ab gsy u vom Huus furt, we dir nachem Schuss zrugg zum Husygang syt.»

«Das weis i dänk o», chunnt di chlynluti Antwort. «Aber i weis o, dass me nid söll Held spile. Drum han i – nachem Telefon mit der Polizei – afe einisch der Maria, myre Frou, verzellt, was passiert isch. Di het du sofort zum Fänschter füre wölle ga i Garte luege. Aber nobis! Wär weis, steit der Mörder dert unde u passt nume druf, mi z erledige. I bi ja der einzig Züge. U das weis dä älwä ganz genau.»

«De heit dir also öier Frou rapportiert? U nächär?»

«I ha du chli später der Frou gseit, wo d Lych ligt u ihre gseit, si söll ganz langsam zum Fänschter füre u düre Vorhang düür i Garte ache glüssle, für z luege, öb der Mörder umewäg sygi. Si het du gluegt. Aber äbe nid so, wien igs befole ha. Wyber halt! Gwundrig wie si sy, isch si a ds Fänschter, het der Vorhang wäggschrisse, ds Fänschter ufta u ache gluegt. U du enttüscht feschtgstellt, dass i spinni.»

«Wiso de das?» Me merkt, dass di beide Fahnder mit dere Ussag nüüt chöi aafa.

«I spinni, het si gseit. U drufache het si mi häre zitiert. Gsehsch du da unde öpper lige, het si gfragt. U de ersch no tod? Hesch mi wölle für dumm verchoufe? Du bisch doch der Allerletscht. Ja, der Allerletscht, het si gseit. Das lat sech doch e Fritz Grunder nid la säge. I bi öpper. Der Allerletscht, het si gseit! I ha ihre du zeigt, was der Allerletscht mit sonere Frou macht.» U dermit macht er e Handbewegig, wo erklärt, wiso di einti Backe vo der Frou Grunder rot isch.

Wil di Tatsach aber nid der eigetlech Grund vo ihrne Ermittlige isch, fragt der Fahnder nache: «Wiso söllet dir de der Allerletscht sy?»

«Eh, wil niemer meh isch am Bode gläge, dänk! Ke Tote! Kes Nüüt! Derby han i ne doch ganz gnau gseh gheie.»

No vor es paar wenige Sekunde isch dä alt Maa voller Chraft gsy. U jetze steit er da, wie nes Hüffeli Eländ.

«Was heit dir nächär gmacht, nachdäm dass dir öij Frou ...»

«I ha mer e drüfache Bätzi ygschänkt u ha uf öich gwartet. U das het duuret, sägeni öich ...» Der Grunder erwachet langsam wider: «Me het ja scho mängisch ghört, dass me eländ lang müessi warte, bis d Schmier äntleche erschyni. Aber das es so lang geit, hätti nid dänkt. Das isch pinlech, so ne Organisation. U für was zahlt me de no Stüüre, we me ke Leischtig meh überchunnt?», polderet dä Mano scho wider i alter Grössi.

Der Fahnder nimmt der Grunder am Arm u stosst ne vorab dert häre, wo der Erschossnig söll häre gheit sy. Är mues der Grunder feiechli drücke. Däm ischs nümme ghüür.

«Syt dir de nid no enisch ga luege, wo dä Totnig chönnti sy?», fragt der Sepp unglöibig.

«Nei!» E trotzegi Antwort vom Grunder. «I ha vom Fänschter us gseh, dass da kene meh ligt. Das het mer glängt. I weis, dass i dä ha gseh. Vo hie unde. Aber vo obe nümme. Punkt. Meh sägen i nid.» Dermit dräit er sech um u trappet mit yzogene Schultere der Wäg zrugg, wo si här cho sy.

Der Fahnder u der Sepp luege sech der eventuell Tatort aa. Si gseh es chli ytrückts Bluemebandeli, abbrochni Zweigli vonere Stude u ufemene Plättli vom Gartewägli e öppe Handgrosse Fläck. Rot!

«Gsehsch du o, was i gseh?», fragt der Sepp.

Der Fahnder nickt nume. Schwygt. Luegt ueche zum Fänschter vo der Mansarde. U de wider ache ufe rot Fläck.

«We das nid Bluet isch, frissen ig e Bäse mit samt der Putzfrou», chnorzet der Sepp füre.

«Die wie mängti wäri das?», fragt ne der Fahnder troche, wo di Ussag vom Sepp scho mängisch ghört het u o scho mängisch derby isch gsy, wo der Sepp hätti sölle Bäse u Putzfroufrässer sy.

Der Sepp seit nüüt u verrumt sys Ufnahmegrät.

Der Fahnder macht sech Notize i ds Büechli. Är luegt der Tatort vo allne Syte aa u git du em Sepp der Befähl, är söll der Kriminaltechnisch Dienscht, der KTD, la cho. Die sölle das Ganze hie einisch gnauer aaluege. Ds Dezernat Lyb u Läbe bruchi aber im Momänt no nid uftouche, wils ja eigetlech ke Totnige heig.

Der Sepp weis, was der Fahnder dermit meint. Dä weis nämlech genau, dass bimene Todesfall mit

Gwaltywürkig ds Dezernat Lyb u Läbe d Füehrig würdi übernäh u der Fahnder dermit nume no es Redli imene ganze Getrieb inne wär. Em Fahnder, wo doch e Einzelkämpfer isch, u wo gar nid gärn imene grosse Team mitwärchet, würdi das gäge Strich gah.

Der Sepp faat afa telefoniere.

Der Fahnder geit zrugg zu der Svenja für ihre z säge, dass si o no churz sölli ga der vermeintlech Tatort aaluege.

U du geit er zu de uniformierte Polizischte: «Sehr guet heit dir das gmacht, mit däm Trampelpfad. Gratuliere! So söttis geng sy. Der KTD wird sech fröie, wen er nid scho alls vertschalpet vorfindet. Aber säget, wo dir syt cho, isch da im Garte no e Tote gläge?»

D Polizischte luege enand aa u du seit eine lachend: «Nenei. Wo mir sy cho, isch niemer umewäg gsy. Alls ganz ruehig. Mir hei du bi dene Grunders glüte. Ufta het nes sy Frou. U di het du klar u dütlech gseit, dass ihre Maa e Flick furt heigi u spinni. Är meini, i ihrem Garte unde sygi öpper erschosse worde. Dä heigi das aber alls nume fantasiert. E Chlapf heigi me zwar scho ghört. Aber das sygi hie i dere Gägend nüüt ussergwöhnlechs. Mängisch tüeij d Outo so, mängisch d Motorboot. U süsch ömel de all di Waffebsitzer, wo sech Jeger nenni. Also wyt u breit ke Tote u no wyter u breiter ke Mörder. Si het nes e zwiespältige Ydruck gmacht. Einersyts es Tschäderwyb, anderersyts es ygschüchterets Huscheli. E komischi Frou!»

«We de es paar Minute vorhär e Chlapf zum Gring hättisch übercho, wärsch älwä o komisch», seit der

Fahnder zu de erstuunte Polizsichte. «U im Garte?», bohret er no einisch nache.

«Äbe. Mir sy du wider d Stäge ab u i Garte füre. Dert hei mer älwä ds Glyche gseh, wie dir o: Es verdrückts Gartebettli u Bluet am Bode. Drum hei mer du öich ufbotte u der Trampelpfad ygrichtet. Sicher isch sicher.»

«Ja, de blybti also nume no abzkläre, öb der müglech Täter no obe i de Mansarde isch. D Wahrschynlechkeit isch zwar sehr chly, wil si bschlosse syge. U der Täter het ja Zyt gnue gha z verdufte, wo sech der Grunder i d Wohnig verzoge het. Aber mir wei de glych no ga luege.» Der Fahnder bedankt sech du no einisch bi de Polizischte u seit ne, dass si der Trampelpfad sölle ufrächt bhalte, dass d Bewohner nume i ihri Wohnige, aber weder ueche i d Mansarde, no füre i Garte dörfe. Si sölle dä Bitz vom Stägehuus absperre. U de befihlt er o no, dass zwee Maa hie sölle blybe, bis der KTD chömi u wyteri Aawysige gäbi.

Die drei Fahnder stöh chli absyts vom Huus. Jede hanget de eigete Gedanke nache u macht sech es Bild mit dene Informatione, wo i der letschte Stund uf se yprasslet sy.

Si luege alli Drü ufe See use.

Der Näbel het sech chli glüpft u ganz wyt hinde gseht me scho es paar Sunnestrahle uf ds Wasser lüüchte. Eigetlech e fridlechi Stimmig. We nid da, im Garte vo däm Huus, öppis schrecklechs passiert wäri. We überhoupt würklech öppis passiert isch.

Der Fahnder chehrt sech zu de beide Mitarbeiter u fasset zäme: «Was hei mer? E Tatort mit Spuure.

Aber kes Opfer. Täter hei mer o kene. Aber e Ussag vomene alte Maa, wo wott gseh ha, wie öpper isch erschosse worde. Vo obe, vo der Mansarde här.»

D Svenja ergänzt: «U ne Frou, wo seit, ihre Maa, wo das alls bhoupti, sygi e alte griessgrämige, cholerische Möff. Ja. Möff seit die ihrem Maa. Speziell! Wo isch äch die gsy, wo isch gschosse worde? Öppe no i der Mansarde?»

«I gloube, jetze geit d Phantasie mit der düre», stellt der Sepp fescht. «Die wäri sicher nid imstand, mit ere Waffe umzgah.»

«Tüsch di nid! Da werden Weiber zu Hyänen und treiben mit Entsetzen Scherz», zitiert d Svenja lachend.

«Mir wei der Schiller la Schiller u sy Glogge la Glogge sy, u nes de Fakte widme. I schla vor, dass der Sepp alli Bewohner ufsuecht u se uf di Eis i ds Hotel Strand bstellt. De chöi mer nes einisch e Überblick verschaffe über all di Lüt. Du, Svenja, luegsch der d Umgäbig aa. Ufe Tatort gseh nume no d Lüt i däm Zwöifamiliehuus hinde dranne. Aber vilecht fallt dir süsch no öppis uf – oder isch süsch no öpperem öppis ufgfalle. I sälber gah ueche mer vo der Mansarde här es Bild ga mache. Mir träffe nes im Landhotel zum Zmittag. Dert chöi mer ds wytere Vorgah mitenand bespräche.»

Der Sepp isch chli muff, wil er mit de Bewohner mues ga tälige, währenddäm d Svenja cha ga nes Spaziergängli mache. U dass der Fahnder gseit het, är schlöi vor, das aber gar ke Vorschlag, sondern eifach e ganz normale Befähl isch gsy, wurmet ne o no. Är wäri nämlech das Problem ganz anders aagange.

Aber äbe: ihn fragt me ja nid. Är isch ja nume ds dritte Rad a däm Fahnderwage. U das stinkt ihm. Stinkt ihm je lenger je meh.

Der Fahnder geit zum Huus zueche.

Es isch eis vo dene, wos ufem Bödeli no mehreri git. Das hie steit aber elei. Es isch es Vierfamiliehuus. So em Huusgrundriss na z schetze, mit vier Drüzimmer-Wohnige. Ds Huus isch nümme ds Jüngschte. Es het o e spezielle Boustil. Hochparterre, chunnt ihm i Sinn, seit me däm. Der Chäller luegt chli zum Bode us u me gseht chlyni Fänschterli, wo älwä chli Liecht u Luft sölle i Chäller bringe. D Parterrewohnige sy liecht erhöht.

Ghöre tüe d Hüser ufem Bödeli – sovil er weis – ere Wohnbougnosseschaft. Drum älwä o der Usdruck Cholchose. Was bedütet dä äch gnau? U wohär chunnt er? Är beschliesst, dere Gnosseschaftsgschicht im Büro de no chli nache z gah. Aber zersch mues er ueche i d Mansarde.

Är steit vor em Husygang. Dä isch nume dür nes chlyses Vordächli gschützt. Vor em Ygang düre hets e Wäg, wo rund um ds Huus, u äbe o füre zu de Gärte füehrt. Zwüsche däm Wäg u der Strass zieht sech, über di ganzi Husbreiti, es Bluemebandeli. Voll vo Hortensie. Das Bandeli wird underbroche dür nes Wägli, wo vom Ygang diräkt uf d Strass usefüehrt.

Der Fahnder luegt sech d Näme uf de Lüti aa.

Grunder – die kennt er ja scho. De wohnt da öpper mit Name Hintermeier u mit Karlen u de schynt e Familie da z wohne. Ufem Schildli steit nämlech Rita, Arab und Shela Hess.

D Ygangstür isch nid bschlosse. Der Fahnder tuet

se uf u gseht links e Türe, wo älwä i Chäller ache geit. Vor ihm geit e Halbstäge i ds Hochparterre. Rächts vo der Stäge hange d Briefchäschte. Bim Chaschte vo Hintermeier isch der Nachname no mit Max u Gloria ergänzt. Es Ehepaar also. Oder ömel e Maa u ne Frou. Da weis me ja hütt nümme so gnau.

Der Fahnder nimmt di erschti Halbstäge u steit ufem Podescht zu de erschte zwo Wohnige. Ufem lingge Lüti steit Grunder, ufem Rächte Hintermeier.

Är geit di nächschte zwo Stägene ueche i erscht Stock. Obe Grunders schyne Hesses z wohne u vis à vis steit Hans Karlen.

Syner Polzieikollege hei sy Befähl usgfüehrt. Ds Stägehus, wo i d Mansarde ueche füehrt, isch dür zwöi Polizeibänder abgsperrt. Der Fahnder nimmt se wäg u geit ueche.

Vor ihm gseht er drei Türene, wo älwä i die jewylige Mansarde füehre. Links, gäge d Strass füre, schynt no einisch eini z sy. Also het jedi Wohnig e Mansarde.

Är het d Händ i dünni Gummihäntsche gsteckt. Schliesslech wott er em KTD nid no i ds Handwärch pfusche. Bi jeder Tür probiert er yne z cho. Si sy aber alli bschlosse. Öb das äch geng so isch?

Ja nu. Är weis ja, won er mues ga frage u geit d Stäge ab.

«Grüessech Herr Grunder», seit er, wo dä under syr Wohnigstür erschynt. «I hätti no e Frag: Wäm ghört weli Mansarde u us welere isch gschosse worde?»

«Aha. Dir syt also geng no dranne? Guet. We dir ueche chömet, isch ganz links, use uf d Strass, d Mansarde vo Hesses. We dir i Richtig Garte lueget, ghört die links üs. Die i der Mitti würdi em Karlen ghöre u die Rächts hei Hintermeiers. Der Hintermeier het aber o die vom Karlen. Är het dert e Modällysebahn ygrichtet. Gschosse isch us dere rächts worde. Also us dere vo Hintermeiers. Alles klar?»

«Alles klar. Danke vil Mal. De luegen ig also jetze für e Schlüssel bi Hintermeiers.»

Der Grunder luegt uf sy Armbanduhr u seit: «Da bruchet dir nid z luege. Di tüe nech ersch i zäh Minute uf.»

«Aber deheime wäre si?»

«Scho. Aber si hei ... Das fraget se lieber sälber. Süsch no öppis?»

Dä alt Mändel wott scho d Türe zue tue, wo der Fahnder no fragt: «U öie Schlüssel? Dörft i dä ha?»

«Us dere Mansarde isch ja nid gschosse worde. Also: Nei! U Husdürsuechigsbefähl heit dir ja sicher o kene. U Gefahr im Verzug isch ja o nid, oder? Adiö.»

Päng! Türe zue.

Der Fahnder steit wie bstellt u nid abgholt vor der verschlossene Tür u dänkt einisch meh, dass es nid nume Vorteile het, we im Fernseh müglechscht würklechkeitsnachi Kriminalfilme zeigt wärde.

Är trappet d Stäge ab.

Won er zum Huus us chunnt, trifft er der Sepp, wo am Entziffere vo de Lütischilder isch. Är seit ihm nüüt vo syne Beobachtige u geit füre a See. Dert höcklet er sech ufenes Bänkli u dänkt über dä Fall nache.

D Svenja u der Sepp hocke scho am Tisch, won er yne chunnt. Der Sepp un är bstelle ds Tagesäller. D Fahnderin ds Vegi-Mönü.

Als Erschts brichtet d Svenja vo ihrne Erkundigunge. Vil het si nid usegfunde. I däm Zwöifamiliehuus schyne im Parterre e Kira Kovalska u im obere Stock e Nazar Petrovic z wohne. Di zwee Näme entlocke em Sepp es troches: «Itsch-Gsindel.»

Wäder d Svenja, no der Fahnder göh uf di Bemerkig y, wil si mit em Sepp nid scho wider e Debatte über d Usländerfrage wei aafa.

D Svenja seit no, dass ds Cholchosehuus u ds Zwöifamiliehuus würklech di einzige Ligeschafte syge, wo d Lüt wo dinne wohni, irgendöppis hätte chönne gseh ha. Aber weder bi Kovalska, no bi Petrovic sygi öpper z erreiche gsy.

Drufache brichtet der Sepp, dass sech em Eis alli Bewohner im Hotel Strand wärde yfinde. Mit Usnahm vo de beide Chind vo der Frou Hess. Di müesse i d Schuel.

Är brichtet o churz, dass i däm Huus, ussert der Frou Hess u der Frou Hintermeier, älwä nume Pensionierti wohne. Ömel em Usgseh naa, müessi das fasch so sy.

Wo der Fahnder sy Bricht wott abgä, wird ds Ässe serviert. Wies bi dene Drü Abmachig isch, wird – sobald ds Ässe ufem Tisch steit – nümme übere aktuell Fall polizeieret. Drum wird afe einisch gschwige. U ds Ässe gnosse. Es wird würklech guet gchochet, im Landhotel.

«Möget dir nech no erinnere a Brand vom Hotel Bad? E strubi Gschicht isch das denn gsy.» Der

Fahnder luegt wider ache uf sys Täller u schuflet e Gable Bohne i ds Muul.

«My erscht Ysatz bi der Regionalfahndig Interlake wirden ig sicher nümme vergässe», meint d Svenja.

U der Sepp: «No schön, dass dä Kostic di Brandruine sofort het la abrysse u dert druffe e Spielplatz het la yrichte.»

«Es git doch o no gueti Itschs, gäll Sepp?»

Die Ussag wird vom Fahnder mit emene scharfe Blick benotet. D Svenja versteit u schwygt.

«U äch de hie? Wie loufts i dene beide Hotel? Me het ja, churz nachem Brand, einiges ghört», meint der Sepp interessiert.

Der Fahnder: «Die Jungi vom Hotel Strand u der Jung vom Landhotel hei churz nachem Brand ghürate. U d Eltere vom Brütigam heige sech mit der Mueter vo der Brut versöhnt. Aber nid nume das! Churz drufache schyne si Negel mit Chöpf gmacht z ha. Si hei beidi Betriebe zäme gleit, e Aktiegsellschaft drus gmacht u d Aktiemehrheit de beide Junge übergä. So söttis sy im Läbe: Mitenand, nid gägenand.»

«Genau so söttis sy: Mitenand, nid gägenand», seit e junge Maa, wo zuene a Tisch chunnt. «Grüessech mitenand. Schön, öich wider einisch hie z gseh. I ha grad ghört, dass dir vo üser Erfolgsgschicht brichtet heit. Un es isch würklech e Erfolgsgschicht. Fasch wie nes Märli. Wie dir richtig mitübercho heit, hei mir e AG gründet. U my Frou un ig hei d Mehrheit. Aber nid nume das. Üser Eltere hei wyt use dänkt. U grossmüetig. Ds Hotel Strand wird nämlech vo üsne drü Eltereteile gfüehrt u ds Landhotel hie, füehre my Frou un ig. E wunderbari Lösig. D Eltere hei Arbeit u

Verantwortig u üs tschalpe si nid uf de Füess des-
ume.» Der Christian Hofer lachet über ds ganze
Gsicht. Me merkt, dass es ihm guet geit.

D Polizischte grüesse u der Fahnder seit: «Das isch
würklech erfröilech. Ufem Bödeli gseht me ja i der
letschte Zyt meh als gnue, dass ds Hotelier sy nid ei-
fach isch. Drum gits Nachwuchsproblem. U meh als
eis alt ygsässnigs Hotel geit i ussländeschi Händ
über. Nid nume zum Vorteil vo üsem Tourismus-
gebiet.»

«Ja, das isch leider es rächts Problem. U das hei
mer i üser Region scho syt lengerer Zyt. Myner
Grosseltere zum Bispiel, wo ja ds Landhotel scho
gfüehrt hei, sy denn no Gaschtgäber gsy. Hei sech
chönne Zyt näh, für mit de Lüt z brichte, Beziehige z
pflege u d Gescht z verwöhne. Für ds Wärche hei si
Aagstellti gha. Das ligt hütt nümme drinne. Leider.
My Frou macht d Buechhaltig un ig stah i der Chu-
chi. Klar hei mir o Aagstellti. Aber e Teil vo der täg-
lech aafallende Arbeit müesse mir hütt sälber über-
näh. Mues ig sälber übernäh – ömel im Momänt. Wil
...» u jetze strahlet er no meh! «... mir sy syt emene
Jahr Eltere vo zwöi chlyne Chind. Es Zwilingspäärli!
Öppis wunderbars! Aber äbe: My Frou het natürlech
ihres Pensum müesse reduziere u de hanget halt meh
a mir. Aber das macht nüüt. Üs geits guet u mir sy
glücklech u z fride. Aber ganz e anderi Frag: Darf i
öich no es Gaffee offeriere? E Digestif ligt älwä nid
drinne, oder?»

Nachdäm si d Bstellig hei ufggä u der Hotelier i
Richtig Chuchi verschwunde isch, stellt d Svenja
fescht: «Das mues scho es schöns Gfüehl sy, we sech

e aafänglech fasch unlösbari Situation zure so guete Lösig entwicklet. U we de no Nachwuchs da isch, u de no grad zwöi mitenand ...» D Svenja tröimt u isch mit de Gedanke ganz emene andere Ort.

«Was füehrt öich de zu üs? Es isch doch nid wider öppis passiert?», fragt der Hotelier, won er mit de Gaffee chunnt.

«Mohl. Leider!», seit der Fahnder. «Äne bim Cholchosehuus isch gschosse worde. Meh darf i leider no nid säge – oder gnauer gseit, meh wüsse mir o no nid.»

«Bim Cholchosehuus säget dir?» Der Hofer studiert u meint du langsam: «Gschosse worde? Wär wohnt jetze nume scho dert? Grunders, Hintermeiers, Hesses u der Karlen. Gschosse worde? Speziell!»

«Wie meinet dir das?» Der Fahnder hoffet, meh Informatione z übercho.

«Äh, i wott nüüt gseit ha. Was es z wüsse git, bringet dir dert sälber use. Aber wen ig nech cha hälfe, de mäldet nech. I wünsche nech no e schöne Namittag – we dä i öiem Bruef ömel schön cha wärde.» Dermit geit er wider der Chuchi zue.

Die drü Fahnder stöh o uf u wächsle ds Lokal.

Me het ne es Sääli zwäg gmacht.

Der Grunder het eso tischet, wie we si anere Grichtsverhandlig wäre. Vore steit e länge Tisch mit drei Stüehl. Derzue i U-Form drei Tische, wo d Bewohner scho dranne hocke. Em Fahnder passt das nid. Är lat d Tische so zäme rücke dass si es Rächtegg bilde. Ohni Zwüscheruum. So hocke d Lüt necher binenand.

Der Fahnder chnüblet sys schwarze Büechli füre, der Sepp installiert sys Ufnahmegrät u d Svenja startet ihres Netbook.

Nachdäm der Fahnder d Svenja, der Sepp u o sich sälber vorgstellt het, seit er: «I schla vor, dass jedes vo öich churz seit wär es isch. U zwar mit de persönleche Date, mit em bruefleche Wärdegang, mit de Aaghörige, de Hobbys u süsch no mit däm, wo dir so machet. U de o no, wie dir undernand e Beziehig heit. Darf i mit öich aafa, Frou Grunder?»

D Frou isch überrascht u mues sech zersch chli sammle. «Hhhmm», macht si.

«Näht nech nume Zyt.»

«Also. I bi d Maria Grunder. Bi sibezgi u ha Schnydere glehrt. Ha z Läbe lang im Züghuus z Interlake gwärchet u bi syt es paar Jahr pensioniert.» Wyter chunnt si nümme.

«Heit dir Chind», stüpft der Fahnder.

«Äbe nid!», rüeft der Grunder dry.

«I dänke, mir weis hie so ha, dass geng nume das redt, wo gfragt isch. O we ds Andere öppis derzue z säge hätti.» D Wort vom Fahnder töne lieb. Aber der Blick seit em Grunder unmissverständlech, dass er ds Muul söll zue ha.

«Nei, Chind hei mer leider kener dörfe übercho. Drum han i ja o ds ganz Zyt gwärchet. Hobbys han i lisme u läse. Süsch chumen ig zu nüüt. D Wohnig mues ja o putzt sy. Gwöschet u glettet o. U gchochet. Es hanget alls a mir.» Si luegt stächig zu ihrem Maa übere.

«Syt wenn wohnet dir i däm Huus?»

«Syt ...»

«Einevierzg Jahr.» Scho wider der Grunder. U scho wider e böse Blick vom Fahnder.

«U dir füehlet nech wohl hie?» Das Mal luegt der Sepp der Fahnder aa, wil er nid weis, was dä mit dere Frag wott bezwäcke.

D Frou Grunder nickt nume u luegt nächär uf ihre Schoss ache. Uf di gfaltete Händ.

«Danke vil Mal Frou Grunder. De chiemte mer jetze zu öich. Jetze dörft dir rede.»

Der Grunder streckt sech: «Fritz Grunder, sächste sibete füfevierzg. Verhüratet. Züghuusarbeiter. Pensioniert. Jeger u Schütz. Wohne syt einevierzg Jahr da. Lenger, als alli Andere hie. Längt das?»

«Danke, das längt. De chiemte mer zu öich. Wie isch öie Name?» Dass der Fahnder so absatzlos zu der nächschte Person wächslet, passt em Grunder nid. Me gsehts. Är macht no e ärntschteri Mouggere als vorhär u luegt polzgredi vor sech häre.

«My Name isch Hintermeier Gloria. I bi füfevierzgi u wärche füfzg Prozänt im Altersheim Sunneblick. Mir sy ghürate u hei e Hund. D Freizyt verbringe mir beidi gärn i der Natur u mir gäbe nes o gärn guete Gedanke hi.»

Der Ydruck wo di Frou hinderlat, isch zwiespältig. Einersyts het si sech vorgstellt, wie si das scho mängisch hätti müesse mache, anderersyts isch ihres Usgseh ehner huschelig. Derzue treit sicher o ihres zumene Bürzi zämegheftete Haar by.

«Heit dir Chind?», wott der Fahnder wüsse.

«Die Frag cha nech gloub my Maa besser beantworte.»

«Ja, i dänke da het my Frou rächt. Also i bi der

Max Hintermeier. Bi sibenesächzgi, pensioniert u ha früecher als Waffemech ufem Flugplatz gwärchet. I wohne syt nünedryssg Jahr i dere Wohnig. Zersch mit myre erschte Frou. Mit ihre han i zwöi Chind gha. Beidi sy scho syt Jahre usgfloge. Wo my Frou gstorbe isch u o d Chind nümme sy bi mir gwohnt, bin i ines töifs Loch gheit, wo mi my jetzegi Frou, mit ihrem starche Gloube – glücklecherwys! – drususe gholt het. Syt füfzäh Jahr sy mir jetze ghürate. Glücklech ghürate. Mys Hobby isch d Modällysebahn. U der Hund, der Phil. Mir gä nes Müei, mit de Bewohner guet uszcho.»

Dä gäderig Mano sitzt locker uf sym Stuehl. Irgendwie sympathisch. Nüüt gspilt, nüüt verheimlechet. Eifach locker vom Hocker.

«I danke öich für öij Vorstellig. Wohne d Chind i der Gägend?», wott der Fahnder no wüsse.

«Nei, di wohne i der Region Bärn. U chöme – wies halt Chind so hei – nume sälte zu üs i ds Oberland. Gnüegt das als Antwort?»

«Ja. Danke vil Mal. U jetze zu öich.» Är luegt übere zure junge, blondhaarige, guet ussehende Frou.

«I bi d Rita Hess, bi achtezwänzgi, gschide, ha zwöi Chind, di achtjährigi Arab u der sächsjährig Shela. Vo Bruef bin i Verchöifere un i wärche vierzg Prozänt i der Migros z Interlake. Zu Hobbys längts mer nid. I ha gnue z tüe als elei erziehendi Mueter. U ja, wägem Verhältnis zu de Bewohner: Chind mache halt Lärme. Aber das isch ja nid nume hie eso.»

Während dene Erklärige kokettiert si chli mit em Fahnder. Dä nimmts zur Kenntnis. «Darf i frage, wär der Vatter vo öine Chind isch?»

«E Araber», seit d Frou Hess churz. Si zeigt, dass das mues länge.

Der Fahnder akzeptierts.

«U de chiemte mer no zu öich. Dir syt der Herr ...»

«Karlen. Hans Karlen. Ledig. Nid das mi keni hätti wölle. Si hei. Aber ig nid. Irgendwie ... Aber das treit hie nüüt zur Sach by, dänken ig. Also. I bi füfesächzgi, aber no nid pensioniert. Das wird de im Spätherbscht der Fall sy. Wärche tuen i ufem Bou als Murer u bi zuefälligerwys deheime, wil i Ferie ha. Uhu-Ferie», lachet er. «Um-ds-Huus-Um-Ferie.» No einisch es Lache. «Ursprünglech chumen ig vo Habchere, wohne aber syt füf Jahr hie z Seebad. Es gfallt mer hie, bsunders wil i hie myner Chüngle cha ha u o öppe einisch darf zu de Chind u de Tier vo der Rita luege. I ha Tier u Chind gärn ...» Gedankeversunke luegt er vor sech häre. Ache ufe Tisch.

«I danke öich allne für öier Vorstellige. Si diene üs, damit mer nes es Bild chöi mache vo däm, wo hütt am Morge hie chönnti passiert sy. Damit nid Grücht entstöh, möchti öich allne churz säge, was vorgfalle isch. Lut Ussage vom Herr Grunder isch hütt am Morge, vonere Mansarde us, mit emene Gwehr gschosse worde. Unde im Garte isch öpper gstande, wo – o wider lut Ussage vom Herr Grunder – preicht sygi worde u tod zämegheit syg. Drufache isch der Herr Grunder i sy Wohnig ueche, der Polizei ga telefoniere. Wo üser Lüt ufe Platz sy cho, hei si die vom Herr Grunder gschildereti Person nid gfunde. Der Kriminaltechnisch Dienscht isch underwägs u wird nächschtens mit der Spuresicherig aafa. I bitte öich, nech hütt Namittag zur Verfüegig z halte u weder der oberscht Stock, no der Garte z beträtte. Un i bitte nech o, üs allfällegi Beobachtige, wo dir vilecht hie nid vor allne Bewohner weit mache, mitzteile. Der Herr Grau wird nech jetze es Chärtli abgä, wo üser Koordinate druffe stöh. Het öpper no Frage?»

Der Fahnder luegt i d Rundi.

Der Hans Karlen het zögernd d Hand uf: «Wäge myne Chüngle. Darf i die hinech ga fuetere? D Chüngelställ stöh drum im Garte vore u dir heit ja gseit, dass me nid dert füre darf. Si bruchte hinech aber Fueter u Wasser.»

«We der Kriminaltechnisch Dienscht da isch, chöit dir das mit dene Lüt grad sälber regle. Yverstande?» Der Fahnder luegt no einisch i d Rundi. «Also. We kener Frage meh sy, de chöit dir jetze wider i öier Wohnige zrugg. Mir göh jetze no d Mansarde ga aaluege u daderzue möcht ig alli Mansardebsitzer bitte, mir de däne der Schlüssel zu dene Zimmer uszhändige. I danke öich für öies Härecho u für öij Informatione. Uf wider ...»

«I my Mansarde bruchet dir nid!», rüeft e ufbrachte Grunder u steit derzue uf. «Dert heit dir nüüt z sueche. I ha öich ja gseit, dass us der Mansarde ganz äne isch gschosse worde. Heit dir eigetlech nit glost, was i öich verzellt ha?»

«Was mir mache, geit öich nüüt aa. Ändwäder dir gät nes der Schlüssel oder mir drücke d Türe y. Ganz eifach.» Der Fahnder weis natürlech, dass das ja nid gieng. Aber mängisch längts, chli z drohe, für dass d Lüt vernünftig wärde.

Der Grunder lat aber no nid lugg: «Dörft dir de das?», kläffet er.

«Ja sicher», mischt sech d Svenja y. U lächlet derzue, wie we das ds Sälbverständlechschte wär.

«Die chlaue der ömel dyner Totschleger nid!», meint der Hintermeier giftig u git no grad eine druf: «U wenn o. De würde es paar Tier weniger ermordet.»

«No einisch: Danke vil Mal für öies Erschyne. Uf widerluege!» Das isch unmissverständlech.

Der Fahnder steit mit dene Schlusswort uf u bewegt sech em Usgang zue. D Svenja fahrt ds Netbook ache u der Sepp stoppet sys Ufnahmegrät.

Der Fahnder het vier Schlüssle i der Hand.

Si hei d Mansarde vo der Frou Hess scho aagluegt. Us dere isch sicher nid gschosse worde. Für zum Fänschter füre z cho, hätti me zersch müesse ufrume. Aber ds Fänschter würdi ja sowiso i di lätzi Richtig luege.

Si tüe d Tür zu der Mansarde vom Grunder uf.

«Hoppla!», meint der Fahnder. «Jetze isch klar, wiso der Grunder nid het wölle, dass mir da yne chöme. E Waffeschrank! Bschlosse», stellt er fescht won er am Türgriff wott drääie. «Sepp. Gang frag der Grunder für e Schlüssel. U wen er wott mötzele, de klimperisch chli mit de Handschälle. De chnüblet dä ne de scho füre. Das Fänschter hie chunnt älwä nid i Frag. Gseht er da der Stoub? Dä Griff isch scho lenger nümme berüehrt worde. Aber mir lö di Mansarde für ne Momänt no la sy u göh wyter.»

Der Sepp trappet d Stäge ab u di andere Zwöi göh i d Mansarde vom Karlen.

O vo dere us het me nid chönne schiesse. D Modällysebahn füllt fasch ds ganze Zimmer u für zum Fänschter z cho hätti me über di ganzi Aalag müesse schnagge, was di ganzi Bärglandschaft hätti müesse kaputt gmacht ha.

I der Mansarde vo Hintermeiers wärde si du fündig. Vo dert us gseht me ache ufe rot Fläck. Aber nid nume das. Der Fahnder gseht o grad, dass der KTD ytroffe isch. E wyss aagleite Spezialischt chnöilet am Bode u beschäftiget sech mit em rote Fläck. E Zweite suecht mit emene Grät der Bode ab. E Metalldedektor?

Der Sepp schnuufet d Stäge uf. I der einte Hand e Schlüssel, i der Andere d Hanschälle. Är lachet: «E guete Tipp hesch mer ggä. Dä isch brav wie nes Hündli worde, nachdäm er zersch kläffet het wie ne Rottweiler.»

Si tüe der Waffeschrank uf u gseh, dass der Grunder rächt het gha mit syre Ussag über sys Hobby: «Jage u Schiesse.» Im Schaft stöh zwee Stutzer, zwo Schrotflinte, e alte Karabiner u nes nöis Sturmgwehr. Derzue di nötegi Munition u süsch no Züg u Sache, wo so nes Hobby mit sech bringt.

«D Tatwaffe?», fragt der Sepp.

«Wes ömel de überhoupt e Tat isch gsy», meint d Svenja.

«Wär weis, wär weis», brummlet der Fahnder. «I dänke, mir hei gnue gseh u überlö ds Fäld em KTD. Di sölle nes de d Fakte lifere. Im Momänt hei mer hie nümme z tüe. Also hei i ds Büro.»

Der Fahnder luegt uf d Uhr. «Oder no besser: hei. Ohni Büro.»

Wo si im Parterre bim Grunder verby chöme, steit dä
under em Türgreis u seit: «Mir isch no öppis i Sinn
cho. Di da äne chönnti öppis gseh ha.» Derzue dütet
er uf ds Zwöifamiliehuus gägenüber. «I bi ja ueche
ga telefoniere. Won i ufghänkt ha gha, bin i i d
Chuchi ga der Bätzi yschänke. U da han i gseh, dass
si vor üsem Huus düresecklet. Die isch ja geng un-
derwägs. Tschogge seit me gloub däm. Planlos i der
Geografie desumeseckle – my Meinig! Fraget se nu-
me. Di steckt ihri Nase nämlech geng i alls yne. Di
Gwitterchischte!» U scho isch er wider uf hundert-
zwänzg obe.

«Wärde mer. Wärde mer. Danke für öie Tipp.» Me
merkt, dass der Fahnder scho fasch im Fyrabe isch.
Gruesslos lat er der Grunder stah u louft em Outo
zue. Di zwöi Andere im Schlepptou.

Ufem Wäg gäge hei macht der Fahnder – wie geng
i so Momänte – e churzi Zämefassig: «Es sy alli so
nätt zunenand. Ussert öppe der Grunder, wo chli
kläffet. Aber süsch? Nüüt Ussergwöhnlechs. Niemer
het Gnauers gseh, niemer weis öppis u mir hei nid
emal e Tote. Also chönnte mer eigetlech d Üebig ab-
bräche.» Är tönt resigniert. «Aber zersch warte mer
no d Informatione vom KTD ab. We die o nüüt finde,
de isch es klar.»

Die andere Zwöi schwyge.

Syt dass ds Tällspielareal isch umboue worde, wärde
d Sprächprobe im nöie Saal düregfüehrt. Nümme i
der Tällstube.

I dä nöi Saal ziehts der Fahnder hütt am Aabe. Är
isch chli ufgregt u stuunet ab sich sälber. I däm Al-

ter? U nach so mänger Tällspiel-Uffüehrig? Aber äbe: E nöij Rolle wartet! Vilecht. We si ne de ömel chöi bruche. Ufe Fürst isch er guet vorbereitet. Der Pfarrer interessiert ne ja weniger. Fürst, da isch er überzügt, gieb er e Guete. Schliesslech isch er Polizischt, Fahnder u het es überlägnigs Ufträtte. Fürst, das wärs!

«Guete Aabe zäme», begrüesst er di Aawäsende.

Zrugg chöme d Aabegrüess vo der Spielleitig. Alls bekannti Lüt. U i der Mitti hocket d Regisseurin. O e Altbekannti. Schliesslech füehrt si jetze scho di füfti Saison di traditionelle Tällspiel düre. U füehrt se guet! Ömel us der Sicht vom Fahnder.

D Medie sy da nid geng glycher Meinig. Nach jeder Premiere wird ja drüber gschribe. U genau so, wie d Regisseurin polarisiert, genau so pointiert wärde d Brichte gschribe. Mal isch es ds Feschthalte am Original, wo z brichte git, mal d Rolleverteilig. U ganz krass sy d Kritike usgfalle, wo bim Rütlischwur Froue derby si gsy. Da isch es Ruusche düre Bletterwald – mit em Resultat, dass fasch e Bsuecherrekord usegluegt hätti, we ds Wätter dämentsprächend wäri gsy. Aber das het ta, wie we o äs nid yverstande wäri, dass ds wybleche Gschlächt ufem Rütli o mitmischlet.

«De hei mir di also chönne überzüge, hie cho vorzspräche? Vile Dank, dass du üs us dere Situation wosch hälfe. Wie mir dir gseit hei, sy churzfrischtig zwo Rolle offe. Die vom Fürst u die vom Pfarrer Rösselmann. I gibe jetze ds Wort der Regisseurin.» Mit dene Wort luegt der Spielleiter zu der Frou, wo i der Mitti vom Tisch hocket, übere.

«O i bi froh, dass du hie bisch. Aber mir wei nid palavere, sondern palosere. Bitte ...»

Der Fahnder steit so häre, wien er das vor em Spiegel güebt het u leit los: «Wenn am bestimmten Tag die Burgen fallen, so geben wir von einem Berg zum andern das Zeichen mit dem Rauch. Der Landsturm wird aufgeboten, schnell, im Hauptort jedes Landes. Wenn dann die Vögte sehn der Waffen Ernst, glaubt mir, sie werden sich des Streits begeben. Und gern ergreifen friedliches Geleit, aus unsern Landesmarken zu enweichen.» Mit Inbrunscht u mit ganzem Stolz het der Fahnder di Wort i Ruum yne gredt.

Jetze wartet er gspannt uf d Reaktion. Di chunnt aber nid. D Regisseurin seit nume mutz: «Guet Franz. U jetze zum Rösselmann ...»

Der Fahnder isch irritiert.

Der Spielleiter merkts: «Der Rütlischwur? Kennsch ja, oder?» Derzue lachet er em Fahnder härzlech zue, so dass dä langsam wider Fuess fasset u sech für di nächschti Vorfüehrig parat macht.

Güebt het er der Pfarrer zwar nid. Wär aber scho so lang am Tällspiel mitmacht wien är, cha dä Teil vom Spiel lengschte uswändig. Drum: «Bei diesem Licht, das uns zuerst begrüsst, von allen Völkern, die tief unter uns schweratmend wohnen in dem Qualm der Städte, lasst uns den Eid des neuen Bundes schwören. – Wir wollen sein ein einzig Volk von Brüdern. In keiner Not uns trennen und Gefahr.»

U wie we si anere Uffüehrig wäre, steit di ganzi Spielleitig uf u widerholt: « Wir wollen sein ein einzig Volk von Brüdern. In keiner Not uns trennen und Gefahr.»

Du wider der Fahnder als Pfarrer Rösselmann: «Wir wollen frei sein, wie die Väter waren. Eher den Tod, als in der Knechtschaft leben.»

Du wider d Spielleitig: «Wir wollen frei sein, wie die Väter waren. Eher den Tod, als in der Knechtschaft leben.»

Der Pfarrer sakral: «Wir wollen trauen auf den höchsten Gott. Und uns nicht fürchten vor der Macht der Menschen.»

D Spielleitig widerholt: «Wir wollen trauen auf den höchsten Gott. Und uns nicht fürchten vor der Macht der Menschen.»

Nach em Schiller sym Textbuech würde sech jetze alli umarme.

Das mache si aber nid. Si chlatsche. Alli! Mit Usnahm vom Fahnder. Me gseht de Lüt vo der Spielleitig aa, dass si vo dere Vorstellig meh als überzügt sy.

Der Fahnder weis no nid gnau, was da abgeit. Är isch no halb i der Rolle vom Pfarrer, uf der andere Syte steit er vor der Spielleitig. U die chlatschet.

«Super gmacht, Franz. Gratuliere!», seit d Regisseurin. «I dänke i mues d Spielleitig nid frage. Du bisch üse nöi Pfarrer Rösselmann – vorusgsetzt, du bisch dermit yverstande?»

Jetze isch der Fahnder wider ganz hie. Me merkt ihm aa, dass er nid rächt glücklech isch mit dere Entscheidig. Är wott öppis säge.

Der Spielleiter chunnt ihm aber derzwüsche: «Gloub mer Franz. Als Pfarrer bisch du wytus geigneter, als als Fürst. Eigetlech erstuunlech, dass grad e Polizischt, so wie du eine bisch, so ne geischtlechi Rolle so guet cha spile.»

U du lachend: «Hesch der nid scho überleit, der Job z wächsle?»

«Pfarrer statt Polizischt?», dänkt d Regisseurin lut nache.

Der Fahnder, wo sech wider gfasset het meint: «Die zwee Brüef sy äbe gar nid so wyt usenand, wie me landlöifig meint. Beid luege zu erhudlete Seele. Beid wei hälfe, dass es de Lüt ringer geit. U beid stöh em Tod mängisch necher, als dass es ne lieb isch. So gseh heit dir scho Rächt. E Fahnder isch mängisch o e Pfarrer. Drum will igs probiere.»

D Spielleitig chlatschet wider. Vilecht o no, wil si merke, dass der Franz Flück älwä no geng nid hun dertprozänti dervo überzügt isch, ds är ds Richtige macht.

Si wüsse aber o, dass das im Tällspiel öppe einisch vorchunnt. Das öpper e Rolle mues spile, won er nid möcht. Das me i der Tällspielfamilie mues Rücksicht näh uf ds Ganze. Das Egoismus oder Gältigsdrang verpönt sy. U jede, wo i dere Familie scho lenger mitmacht weis, dass es jedes brucht. Vom chlyne Geissli, wo über d Naturbühni gümperlet, bis zum Gessler, wo hoch zu Ross derhär z galoppiere chunnt. Es brucht dä, wo im Früehlig ds Loub zwüsche de Hüser use rächelet genau so, wie dä, wo de Zue-schouer d Wulldechine verteilt.

Es isch ei Familie. Äbe d Tällspielfamilie.

«Wie ischs der ergange?» Ds Roseli isch zu der Hus-tür cho, wos ghört het, dass der Fahnder der Schlüs-sel im Schloss dräit.

«Pfarrer», seit er nume mutz.

«Super! I has doch gwüsst! Gratuliere!» Si drückt ihrem Maa es heftigs Müntschi uf d Lippe.

Zäme göh si füre i d Stube u hocke dert ab. Der Fahnder gseht, dass ds Roseli isch am Lisme gsy.

«Was bisch da am Mache?»

«Es Jäggli für e Nika. I hoffe, es passi ihm de. Dä Schnuderi het hütt wider alls ggä. Het Züg füre grisse u isch desumegumpet wie nes jungs Füli. U lafere tuet er. Mängisch übermachts mer fasch. Sys ständige «warum de?» isch mängisch nid so eifach z ertrage u d Barbara chunnt öppe einisch a Aaschlag mit ihrne Närve. Si het ne hinech doch du rächt aapfurret, wil ihre di Fragerei ändgültig z wyt isch ggange. Übrigens: Morn am Aabe muesch de ds Znacht sälber mache. I gah der Nika ga hüete. D Barbara het no e Verabredig. Isch guet?»

Was wott der Fahnder säge? Guet isch es nid. Nei. Är chnorzet scho lengeri Zyt dranne, dass der Nika e Platz ynimmt, wo ihm abgeit.

Natürlech het er dä chly Pfüderi o gärn. Un är wetti ke Minute misse, won er mit ihm isch zäme gsy. Aber dass ds Roseli so vil bi der Barbara isch u ihn je lenger je meh elei lat, passt ihm ganz u gar nid. Aber was söll er säge? Är cha ömel nid der Matscho spile, wo vo syre Frou verlangt, dass si ihm ds Znacht ufstellt u da isch, wen er hei chunnt. Die Zyte sy – u das befürwortet är ja o – ändgültig verby. Nume stuunet er mängisch, wie vil Freiheite sech d Barbara nimmt – uf Chöschte vo sym Roseli. Das schynt aber äbe sy Frou nid z störe. Im Gägeteil.

«Jaja. Gang nume», seit er drum. «I wirde scho nid verhungere. U süsch hätti ömel de no Resärve.» Derzue strycht er mit der Hand über sy Buch u fahrt de grad bim Roseli wyter.

Das nimmt aber d Lismete wider i d Hand u verunmüglechet dermit em Franz es Wyterfahre mit de Berüehrige. Das git ihm e wytere Stich. Syt nämlech ds Roseli i de Wächseljahr steckt, het sech bi ihne einiges veränderet. Zärtlechkeite chöi si enand geng no gä. Aber wyter geits sälte meh. U das fählt ihm chli. Nid fescht. O hie weis er ja, dass das normal isch. Aber äbe: Zwüschem Wüsse u zwüschem Füehle, zwüschem Verlange un em Übercho, spile sech ganz fyni Schrittli ab. Verletzlech fyni.

Für sich uf anderi Gedanke z bringe, brichtet er vom Fall z Seebad. U vom Hess, wo ihne hütt e Polizeipsychologin vorgstellt het.

«Wie alt isch si?» D Frag vom Roseli erstunt ne.

«Ke Ahnig. Jung. Wie wird me überhoupt Psychologin? Polizeipsychologin?», fragt er sech.

«Isch si hübsch?» Ds Roseli schynt syner Frage nid ghört z ha.

«J...jaa», stellt der Fahnder zögernd fescht, won er sech ds Bild vo dere Frou vor Ouge füehrt.

«Jung u hübsch – un i bi alt u hässlech. Muesch de öppe luege für ne Jüngeri ...» D Grüsch vo de Lismernadle näh zue.

Was wott der Fahnder säge? Das isch o so ne Änderig vo syre Frou. D Yversucht. Früecher nie es Thema. U hütt steit si öppe einisch zwüsche ihne. Är het syre Frou no nie Grund ggä, yversüchtig müesse z sy. Wil sis bis jetze ja geng schön u gäbig hei gha zäme. Wil si mitenand geng über alls hei chöne rede. Offe u ehrlech.

Das het sech aber gänderet. Nid d Offeheit u o nid d Ehrlechkeit. Nei, das nid. Aber irgendwie düecht ihn, ds Roseli troui ihm i der letschte Zyt nümme so ganz. Oder troui ihm alls zue. Je nachdäm, us welere Syte mes aaluegt.

Das het sicher mit de Wächseljahr z tüe. U mit em elter wärde. Mit em Usgseh. Mit em Zuenäh, wo em Roseli schynbar meh zuesetzt, als das er vermuetet het.

Är beschliesst, nächschtens einisch d Bea Jäggi druf aazspräche. Di het das ja gstudiert u cha ihm vilecht wärtvolli Tipps gä.

«Wei mer ga lige?» Ds Roseli packt d Lismete zäme u du trappe si hindere i ds Schlafzimmer.

Rede tüe si nümme zäme. Ussert em gägesytige Guetnachtsäge. Das hei si all di Jahr dür geng gmacht. I jeder Gmüets- u Stimmigslag.

Wir wollen sein ein – Stupf – einzig Volk von Brügeln – Stupf – eh – wir wollen sein ein einig Volk von Brüdern. In jeder Not uns schlagen und Gefahr – Stupf – o höret doch uf, dir lächerleche Gstalte – i rede was i wott – schliesslech bin i der Rösselfürst – Stupf – göht wäg mit dene Rösser – furt hie – am Rütlischwur darf i elei rede – vor luter Froue – schöne Froue – Stupf – chömet necher zuemer chömet de wei mer de zäme – Stupf – höret uf mi chützele – Froue höret –

«Fränzeli, du schnarchlisch!» Ds Roseli drückt ihm es Müntschi uf d Backe u chehrt ihm der Rügge zue. «Schlaf guet!», seits no.

Är dräit sech uf d Sye.

Missmuetig luegt der Fahnder ds Intranet aa. Vo Seebad steit praktisch nüüt drinne. Was sötti o? Ke Tote. Ke Fall. U dermit kes Interesse.

Won er i ds Büro vo syne Mitarbeiter chunnt, rüeft der Sepp grad: «Schyssdräck! Mischt!»

«Bisch am Bure?», knurret der Fahnder.

«Wiso am Bure?»

«Die zwöi Wörter wo de brucht hesch, brucht me i der Landwirtschaft. Nid im Fahndigsbüro. Oder bin i da lätz?»

Der Sepp seit nüüt u sitzt wie nes Hämpfeli Eländ uf sym Stuehl. «Überhoupt. Wiso bisch du de scho im Büro? Bisch ömel de süsch nid so früech dranne. Hesch Feriefieber?»

«Nei! Techneschi Problem.»

«Chan i hälfe?» Der Fahnder weis, dass er das ironisch meint u weis o, dass das so wird übere cho. U richtig: «Du technische Tiefflieger wirsch mer chuum chönne hälfe, das Problem z löse. I ha doch geschter alls, wo die z Seebad gseit hei, uf das Grätli ufgno. U jetze funktioniert das nid. Shit!»

O das tönt nach Landwirtschaft. Aber nach ere Modernere. Der Fahnder ignoriert s. Är wott der Sepp nid no zuesätzlech närve.

«Es übertreit ds Gsprochne ja problemlos i d Schriftform. Aber äbe nume vo Hochdütsch uf Hochdütsch – wien ig jetze ersch gmerkt ha. Das heisst, i mues das Ganze wider sälber schrybe. Aber i säge dir: Das isch ds letschte Mal. Ab sofort wärde Befragige nume no i Hochdütsch düregfüehrt.»

D Svenja, wo jetze äbefalls i ds Büro chunnt, meint lachend. «I wäri für Änglisch. Oder – we me bi üs zum Fänschter us ufe Bahnhofplatz ache luegt – für Chinesisch, Russisch oder Indisch. Eventuell no Arabisch. Wil: Wär redt de i üser Region no Hochdütsch?»

Der Fahnder luegt uf d Uhr: «Mir wei», stellt er troche fescht. Di zwöi Andere wüsse Bscheid. Es isch Zyt für e Rapport.

Nach de üebleche Informatione mues der Fahnder no churz übere Ysatz z Seebad brichte. Der Hess stellt fescht, dass me ke Tote het, dass me ke Täter het – churz – dass me eigetlech nüüt het u drum di Üebig sofort söll abbräche. Är weis aber o, dass er über d Regionalfahndig ke eigetlechi Befählsgwalt het. Wes nötig wird, reicht der Fahnder der Chef vo der Regionalfahndig. Dä hocket z Thun. U dä deckt erfahrigs gmäss em Fahnder der Rügge. Das weis der Hess – u das weis o der Fahnder. U der Hess kennt mitlerwyle o d Gsichtsusdrück vom Fahnder. Hütt isch älwä nid guet Chirschi ässe mit em. Drum schwygt er gschyder.

Wider im Büro brichte d Svenja u der Sepp, dass si nüüt Nöis zum Fall z Seebad heige.

Der Sepp betont, dass si ja geschter alli mitenand hei syge. U hütt o praktisch mitenand heige aagfange. Da chönni ja nüüt Nöis derzue sy cho.

Der Fahnder ruret, e Fahnder sygi o i der Freizyt e Fahnder. Nid nume im Büro. Wo du der Sepp wott wüsse, wiso är de kener Nöiigkeite heig, meint der Fahnder troche, är sygi drum nächti anere Tällspielprob gsy.

Drufache der Sepp: «Un ig ha myner Ferie vorbereitet. Ha also für ds Fahndere o ke Zyt gha.»

Der Fahnder git drufache Ufträg use: «Z ersch machet dir zäme ds Protokoll fertig. Das wird älwä no chli Zyt bruche, wil em Sepp sy nöij Technik ja nid funktioniert het. Müesst halt de lose u nächär schrybe. Aaschliessend göht dir verschideni Abklärige ga mache. Du Sepp klärsch ab, was es mit em Wort Cholchose für ne Zämehang het. Warum me dene so seit u was das für Hüser sy, wo d Wohnbougnosseschafte synerzyt bboue hei. Eifach ds ganze Drum u Dra. Du Svenja überprüefsch d Strafregischter vo allne Bewohner u probiersch usezübercho, wär der ehemalig Maa vo der Frou Hess isch. U we der de no Zyt heit, wär de d Frag no offe, wär di Kira – wie heisst si scho wider? – nu, spilt ja ke Rolle – überhoupt isch.»

«Süsch no öppis?», fragt d Svenja, wo während dere Befählsusgab alli Forderige vom Fahnder i Form vomene Mind Map, mit verschidefarbige Stifte, uf ene Flip Chart zeichnet het.

Die beide Manne hei sech a di Visualisierige scho chli gwöhnt u der Sepp spöttlet sälte meh drüber. Är het müesse ygseh, dass d Svenja mit dere Methode rächt grosse Erfolg het.

Aber nid nume das. Mit der Visualisierig het o der Sepp gmerkt, dass me ihn vil weniger schnäll cha höch näh, wil er öppe einisch uf di Zeichnige cha luege u drum de o besser im Bild isch was grad louft. Das isch früecher anders gsy.

Der Fahnder meint, si heige älwä bis am Mittag Büez gnue u geit i sys Büro.

O är bearbeitet e Boge vonere Flip Chart. Aber ufem Tisch. Nid a der Wand. Är zeichnet d Situation z Seebad. Zeichnet der Strand, der Strandwäg, der Fun-Park, di zwöi Hotel, de ds Cholchosehuus u am Schluss no ds Zwöifamiliehuus.

Du nimmt er e roti Farb u zeichnet der rot Fläck y. Für ds Gwehr zeichnet er e schwarze Strich.

«Für settigs giebs de ds GRUDIS», mofflet öpper vom Türrame us. «We me sech aber der nöie Technik verschliesst, de möölelet me halt es Helgeli uf enes Blatt Papier.»

«Em möölele säge mir zeichne. Ds Helgeli isch e Plan u ds Blatt Papier e Flipchart Boge. Ömel so säge mir däm hie, bi der Fahndig. We dir das bi der uni-formierte Polizei wie Chindergärteler usdrücket, isch das öich überla u seit vilecht öppis über öij Entwic-klig us.» Der Fahnder weis nid, öb er nid doch chli z wyt ggange isch. Der Hess ma zwar vo ihm vil ha. Aber das Mal ...?

«Ja, dir Fahndigsbeamte. Es bsunders Völkli. Es eigeständigs aber mängsich o.»

Der Fahnder isch irritiert u alarmiert!

We der Konrad Hess ufene settegi Attacke vo ihm uf di Art reagiert, heisst das i der Regel, dass es Gwitter im Aamarsch isch. Es Ghörigs.

Wils aber no nid donneret, fragt er ne: «I nime aa, dass du nid wäge der Bsunderheit vo de Fahnder zu mir ache bisch cho. Was hesch ufem Härz?»

«Uftrag mit em Arbeitstitel PoTaBla.»

«Bla, bla, bla?», macht der Fahnder nume.

«Nei, PoTaBla. Polizei am Tag der Blaulichtorga-nisationen, heisst di Abchürzig. Si isch vo mir. Aber nid der Uftrag. Dä chunnt vo obe. Hütt gäge Aabe isch e Sitzig mit de Blauliechtorganisatione zu däm Thema. Teilnäh tuet vo üser Syte här der Fahnder Flück. Är het ja Zyt, Tällspieltexte z lehre – während der Arbeitszyt. U wil z Seebad wyt u breit ke Tote desume ligt, isch er sowiso arbeitslos. Drum: Hütt am Füfi i der Sunne z Matte. Brichte tuesch mer morn am Morge am Rapport. Adje.»

Der Fahnder wurggets i der Magegägend. Nid wil er mit de Blauliechtorganisatione nid wetti zäme sitze. Nei. Es isch d Art vom Hess, wo ihn geng u geng wider zur Wyssgluet trybt. Dä arrogant, eifältig Schnösel, missbrucht sy Macht ständig. Grad speziell gägenüber ihm chehrt er albe der Vorgsetzt füre, für ihm z zeige, wär hie ds Kommando füehrt.

Ufgwüehlt packt der Fahnder d Jagge u der Outoschlüssel u macht sech ufe Wäg gäge Seebad. Der Svenja un em Sepp mag ers nid ga säge. Är wird ne de später i ds Büro aalüte.

Won er düre Gang louft, chunnt ihm d Bea Jäggi entgäge. Der Fahnder stellt no einisch fescht, dass si e herrlechi Usstrahlig het. Bevor sy Luune dä Aablick umgsetzt het, fragt ne d Bea scho: «Gstresst?»

Är weis gar nid, was er söll säge u staglet: «Eigetlech … scho. Stress … Nei. Erger … Aber wen i …»

«Chumm yne», seit si u het ihm d Tür uf.

Är het no gar nid mitübercho, dass si ja gar nid wyt vo ihm wäg ihres Büro het. U einisch meh dänkt er, är sygi mängisch scho ne gfüehllose Gstabi, so öppis nid z merke.

«Sitz ab u verzell.»

«Eh eigetlech ischs nüüt.»

«Nach nüüt hesch aber nid grad usgseh», lachet si u der Fahnder touet langsam uf. Ihres Wäse imponiert ihm. Normalerwys macht er e grosse Boge um so Gfüehlszüg. U um Lüt, wo mit settigem z tüe hei. Aber hie, bi der Bea, macht er no so gärn e Usnahm. Si gfallt ihm!

Bi däm Gedanke schiesst er zäme, wil er merkt, dass das nid nume mit Optik z tüe het. So. Rueh, befihlt er sech sälber.

«Eh der Hess het mi zäme gstucht u mer e Uftrag ggä, won i weis, dass er ne eigetlech sälber sötti erledige. Weisch mir Zwee sy nid geng gueti Fründe. Är isch mer z arrogant, z hochnäsig u z überheblech.»

«U z jung? Vilecht o no?»

«Nei, i ha nüüt gäge di Junge. Aber sys Benäh ligt mer nid.»

«U dys ihm älwä o nid. Dir syt z underschidlech. Är isch jung, dynamisch u aktiv – u du bisch elter, ruehig u erfahre. Da sy Konflikte vorprogrammiert. So uf di Schnälli chan i dir natürlech nid hälfe. Ussert mit de bekannte Tipps: Düreschnufe, uf zäh zelle, i ds Grüene useluege – aber das hesch du ja sicher scho mängisch ghört – u zwöi Mal probiert u de grad wider vergässe.» Si lachet wider. Es härzlechs Lache. «Aber mi düecht, es wäri wichtig, dass du di i dym Alter langsam chli uftuesch. Chli grosszügiger wirsch. Chli grossmüetiger. Söttisch ds Läbe chli lockerer näh. Offener. So wien ig di aber yschetze, verschlüfsch du di ehnder. Mit samt dyne Sorge u Sörgeli.»

Em Fahnder loufts chalt u heiss düre Rügge ab. Es

Wächselgfüehl wüehlt i ihm inne. Di Frou wo da vor ihm hocket, seit nämlech genau das, wo ihn scho lang plaget u won er doch nüüt cha oder wott dergäge mache. Är frisst all di chlyne Problemli i sech yne, statt se usezla. Genau wie si seit, verschlüft er sech.

U ds andere Gfüehl isch genau ds Gägeteil. Oder glych nid? I ihrer Gägewart gspürt er Verständnis u gspürt Zueneigig. U da chunnt de wider d Optik i ds Spiel. Si gfallt ihm. Si gfallt ihm sogar sehr guet. Si isch ihm sympatisch. Oder sogar no meh?

«Ja gäll, was me doch nid alls sött», ghört er sech säge. E Floskle. Jahrzähntelang bbrucht für öppis z säge, wo nüüt usseit.

«Mi hets gfröit, dass mer churz zäme hei chönne brichte. We de wosch, chöi mer das gärn widerhole. I ha aber jetze leider e Termin u drum …»

«I bi scho wäg. I sötti ja o drahi. Süsch het de der Herr Hess no meh Grund mi z plage.»

«Häbs guet», seit si no u drückt ihm d Hand.

Är gpürt e warmi, chräftegi, aber glych nid grobi Berüehrig. Si tuet ihm guet. Fasch chli tröimerisch träppelet er d Stäge ab.

Won er z Seebad aachunnt, gseht u gspürt er, dass dert der Früehlig wider Yzug ghalte het. Ds grusige Wätter vo geschter het sech verzoge. D Vögel zwitschere um d Wett u der See isch spiegelblank.

Der Fahnder schnufet düre. Grad so, wies ihm d Bea empfohle het. Är dänkt wider a se. A di grossi, ufgstellti, härzegi u yfüehlsami Frou. Gspürt er der Früehlig?

Midlife-Crisis!

Dä Gedanke fahrt ihm i d Glider. Isch er jetze o eine vo dene, wo ds Gfüehl het, är müessi sech e jungi Frou aalache, für sech sälber z bewyse, wie ne tolle Hecht är no sygi? Sicher nid!

Sicher nid? Är isch verunsichert. Won er wider ufe See useluegt, stellt er fescht, dass er definitiv der Früehlig gspürt. Aber der natürlech Früehlig. Är schnüfflet dür d Nase u zieht so di erwachendi Natur i sech yne.

Der Früehlig isch e wunderbari Zyt. Är het ne gärn.

Me erwachet wider, leit sech liechter aa u lat d Seel la weide. Di früschi Luft putzt eim d Lunge düre – u der aggässnig Winterspäck isch eim im Wäg.

Der Fahnder reckt ache a Buuch u nimmt sech vor, sech chli meh z bewege. Är weis zwar, dass er sech das praktisch jede Früehlig vornimmt. Mängisch het ers o düreghalte. Aber wen er zrugg dänkt, isch ds Letschte «mängisch» o scho es paar Jahr här.

«Da hesch nes wider e Seichbüez zue gha, Franz», wird der Fahnder i syne Gedanke gstört. Vor ihm steit e Kolleg vom KTD. «Ke Täter u nid emal e Lych. Schön demotivierend für üs.» Der Maa vom KTD meint das aber nid öppe ärnscht, sondern stellt eifach fescht, dass er lieber chli handfeschteri Fakte hätti.

«Me cha nid geng gwinne. U ds Schönha i dym Läbe muesch der für d Pensionierig ufhäbe. Wie lang muesch de du no, Kari?» Me kennt enand. U me schetzt enand. Fahndig u KTD wärche, zäme mit em Dezernat Lyb u Läbe, äng zäme. Geng wider.

«No zwöi Jahr, we si ömel mit der Pensionskasse nid no wyteri Spieleni trybe», meint dise. «U wie lang muesch du di hie no desumeplage, Franz? Bisch doch de o öppe einisch nache, oder?»

«Es geit scho no es paar Jährli», git der Fahnder chli beleidiget zrugg. Es het ne preicht, dass der Kari ihn elter yschetzt, als das er isch.

Glychwohl fahrt er aaständig wyter: «Du hesch ömel es Ändi i Sicht. Das isch doch afe öppis, oder? – Aber jetze: Was heit er gfunde?»

Si göh zäme hinder ds Huus i Garte.

Dert erkläre der Kari u syner Kollege, dass si Probe vo dere rote Flüssigkeit heige gno. Si vermueti aber, dass es würklech Bluet sygi. Wyter wärs de Spuure na müglech, dass da würklech e Person chönnti gläge sy. U de heige si no es Projektyl gfunde. Im Garte inne. U da hinde sygi e Patronehülse gläge.

«Zämegfasst: D Ussag vom Grunder chönnti würklech stimme. O ohni Lych. U de no: Em Grunder syner Knarre hei mer ypackt. Under lutem Protescht vo ihm. Das isch de rächt e jähzornige Bitz. Wo mer der Waffeschaft hei undersuecht, hei mer ghört, wien er unde i der Wohnig sy Frou bearbeitet het. Mir sy ja nid vo der Soziale. Aber hie sötti me vilecht einisch chli es Oug druf ha. Nume äbe: Persönlechkeitsschutz u das ganze Theater. Irgendwenn schütze mer nes no z tod. Ytem. Das alls isch geschter passiert. Hütt sy mer no einisch cho, für nes es Zuesatzbild z mache. Fasch wie bi de Schnyder: Dopplet gnäit het geng besser. So. Jetze wei mer gäge Bärn zue ga chnüble. Sobald mer meh wüsse, überchunnsch Bricht.»

Der Kari ruumt syner Utensilie zäme u verschwindet mit syne Hälfer hinder em Husegge.

Der Fahnder blybt no e Momänt stah u lat d Umgäbig uf sich la würke.

Hie söll also irgendöpper gschosse ha? Är cha sech das fasch nid vorstelle, wil ihm i däm Momänt d Sunne i ds Gsicht schynt u so ne fridlechi Wermi bringt, dass Waffe, Mörder u Lych wyt i Hindergrund rücke.

«Soupack, eländs! Vergifte sötti me se, di Sieche! Oder no besser: erschiesse! Eine vo dene hets ömel afe tüpft. Rächt so!»

Mit dene Wort chunnt der Karlen ume Egge u louft – ohni der Fahnder z merke – em Chüngelstall zue.

Dert beruehiget er sech wider u nimmt es silbriggraus Tierli zum Stall us. Zärtlech strychlet er ihm mit der Hand übere pelzig Chopf u übere Rügge. Der Chüngel schynts z gniesse.

«Wän sötti me vergifte, Herr Karlen? U warum?» Fründlech geit der Fahnder i d Nechi vom Stall.

«I säge nüüt!»

«Warum nid? Heit dir Angscht?»

«Ja. Syt das mer öpper der schönscht Chüngel vergiftet het, han i Angscht. Ja.» Är strychlet der Chüngel intensiver.

«Wüsst dir de, dass er vergiftet isch worde? U wän vermuetet dir?»

«Der Tierarzt het mers bestätiget. U wärs isch gsy, chan i nid bewyse. Drum sägen i o nüüt.»

Der Fahnder merkt, dass da nüüt me z reiche isch u louft i Richtig Huus zrugg.

D Frou Hintermeier zieht grad di schwäre Vorhäng für u tuet ds Fänschter uf.

Der Fahnder grüesst se: «Syt dir chrank?», fragt er chli unüberleit.

«Wiso meinet er?» Di Frag chunnt nid grad fründlech.

«Dass dir bi somene schöne Früehligstag d Wohnig verdunklet.»

«Mir näme nes jede Morge e Stund Zyt für us der Bibel z läse. Für das bruche mer Dunkelheit u bruche Rueh – bruchte Rueh! Was i däm Huus schynbar nid müglech isch. Aber i will nüüt gseit ha.»

Dermit tuet si ds Fänschter zue u lat der Fahnder la stah.

Wie we d Bewohner würde schmöcke, dass er da isch, schnaagge si alli zäme zu ihrne Wohnige us. Grunders chöme mit Gartezüg u brichte, dass es jetze doch de halt Zyt syg, für ga der Winter usem Garte z jage.

D Frou Hess schüttlet obe ufem chlyne Balköndli der Stoubhuddel us u ärntet vo der Frou Grunder stächegi Blicke.

Aber nid nume d Frou Hess wird göigeret. D Frou Grunder luegt zum Fänschter vo Hintermeiers u brümelet: «Fertig gstündelet. Hüchler!»

Si meint der Fahnder ghöri das nid. Da het si sech aber tüscht. Dä merkt nämlech langsam, dass i däm Huus – entgäge de Ussage vo geschter Namittag im Hotel Strand – doch ds einte oder andere Füürli brönnt. Wie starch das es aber loderet, weis er nid.

Der Fahnder steit näbem Huus u macht sech Notize.

«Wer gar zuviel bedenkt, wird wenig leisten!», rüeft öpper. Der Fahnder erchlüpft.

D Frou Grunder brummlet vor sech häre: «Was wott de die Zwätschge?»

U d Frou Hintermeier, wo zum Fänschter us luegt, stellt nume fescht: «Schrecklech so öppis!» Du pängglet si ds Fänschter zue – tuets aber grad wider e Spalt uf.

Der Fahnder luegt dert häre, wo d Stimm isch här cho. Hinder em Gartezuun steit e Frou. Sovil isch afe sicher. Der Ydruck wo si macht, chönnti der Fahnder aber nid i eim Satz erkläre.

Di Frou git nämlech e schrilli, schillerndi, ja irgendwie e gspässegi Figur ab. Scho nume d Sprach. Är kennt sech da ja nid so us. Aber für ihn isch si älwä e Berlinere. Oder eini vo no wyter usse. So eini wo «bitterscheen» seit. Mit emene stumpfe i u emene längzognige e: «Bitterscheen».

Si treit längi, knallroti Haar. Total verstrubleti. Um sech um het si wahrschynlech öppe zäh underschidlech farbegi Huddle glyret. Suber gwäschni u gletteti zwar, stellt er fescht. Also nid öpper Unpflegts.

Sy Fahnderblick stellt o sofort fescht, dass ihrer Lippe mit blauem Lippestift gstriche u d Fingernegel türkis gfärbt sy. Di blutte Füess stecke i pinkige Flip-Flops. I der rächte Hand het si e Zigarette. Nei, es isch nid nume e Zigarette, sondern so nes Ding, wie me se i alte Filme gseht. Es längs, dünns Röhrli u vor dranne der Glimmstängel.

Si isch e Paradiesvogel, di Frou! Der optisch Ydruck erinneret ne a öpper. Aber är chunnt nid druf.

«Was sein muss, das geschehe, doch nicht darüber», antwortet der Fahnder. Äbefalls mit emene Schiller-Zitat.

«Oh, ein Kenner der Materie?»

«Nei, nume Pfarrer im Tällspiel. U dir? Dir syt?»

«Kira Kovalska. So haben mich meine Eltern getauft. Ich wohne in diesem lieblichen Haus dort drüben. Und mit wem habe ich das holde Glück, einen verbalen Austausch pflegen zu dürfen? Doch nicht nur mit dem Rösselmann himself?»

«Läck, schnurret die gschrubet!», ghört der Fahnder der Karlen säge.

«Franz Flück. Fahnder vor Kantonspolizei Bärn.»

«Polizei? Ist denn etwas geschehen? Haben sie dem Karlen seine Karnickel genickelt? Oder ist die Hess zu kess? Grunder kanns nicht gwesen sein. Grunder scheint immer noch munter. Warns Hintermeiers, diese Beter? Diese vordergründigen Leisetreter...?»

Das seit si imene luschtige Ton, wächslet du aber blitzartig d Tonart u seit mässerscharf: «Mich dünkt, ich hör ein Chor von hunderttausend Narren sprechen.» Du luegt si zu de Aawäsende: «Verfluchte Dilletanten! Ich finde nicht die Spur von einem Geist und alles ist Dressur.» Du dräit si sech um u flügt i liechtem Schritt zrugg zu ihrem Huus. Derzue rezitiert si, nach em Goethe sym Faust, es wyters Zitat vom Schiller: «Das Alte stürzt, es ändert sich die Zeit und neues Leben blüht aus den Ruinen.» Di Wort wärde abgschlosse mit emene Lache, wo jedem vo de Aawäsende dür Mark u Bei geit.

Der Fahnder isch konsterniert, lat sech aber nüüt la aamerke.

«I gah dervo us, dass dir d Frou Kovalska kennet. Was heit dir über se z säge?», fragt der Fahnder i d Rundi u luegt ueche zu der Frou Hess, zu der Frou Hintermeier, wo ds Fänschter z wyt ufta het, als dass se der Fahnder nid würdi gseh, du übere zum Karlen u ache zu Grunders, wo so tüe, wie we si würde jätte. Stilli!

Der Fahnder wartet u nes entsteit e unheimlechi Spannig.

«Die spinnt. Meh gits gloub nid z säge. Oder?» Di Andere nicke erlöst em Karlen zue.

Der Fahnder merkt, dass da im Momänt nid meh z erfahre isch. Chli beleidiget, dass me ihm nid meh wott verzelle, verlat er der Tatort.

Underwägs nimmt er sys Telefon füre u lat der Sepp u d Svenja uf ds Mittagässe uf Seebad cho.

Wie geng, tusche si vor emene gmeinsame Ässe ihres Wüsse unterenand us. Der Fahnder het ne vo der Begägnig im Garte ver-zellt.

D Svenja erklärt, si heige ds Protokoll erstellt. E gnietegi Sach, wie beidi zäme feschtstelle. Em Sepp sy Technik schynt sech definitiv nid für settigs z eigne.

D Svenja het no probiert öppis übere Maa vo der Frou Hess usezübercho. Das schynt aber no kompliziert z sy.

Der Sepp brichtet du über d Cholchose: «Der Name stammt eigetlech vo de Russe u heisst Kolchos. Was Gnosseschaft bedütet. Nach der Oktoberrevolution nünzähundertsibezäh sy z Russland landwirtschaftlechi Cholchose entstande. Gnosseschafte. Di Gnosseschafter hei gmeinsam Produkt produziert, wo der Staat ihne zu vorgschribne Priise abgno het. Si sy Bsitzer gsy vo de Produkt – aber nid vom Land.»

«Was het de das alls mit däm Huus da hinde z tüe?», fragt der Fahnder ungeduldig.

«Eigetlech einzig der Grundgedanke. Es Jahr nachem Usbruch vom zweite Wältchrieg, isch ufem Bödeli der Militärflugplatz i Betrieb gno worde. Betribe isch er vo Spezialischte worde, wo vor allem vo Dübedorf här sy cho. Dert isch scho lenger e Flugplatz i Betrieb gstande. Ufem Bödeli hets denn vil zwenig Wohnige ggä, für all di Spezialischte mit ihrne Familie underzbringe. U o ds Boue isch nid eifach gsy, wil sehr vil Materialie under staatlecher Kontrolle si gstande. Chriegszyt, halt. Es paar Lüt hei sech du zäme ta u hei als Erschts am hüttige Hortensiewäg, z Matte, vier identischi Hüser bboue. Übrigens bouglych, wie das hie z Seebad. Wär dert het wölle yzieh, het müesse Gnosseschafter wärde u het müesse es Gnosseschaftskapital yschiesse. Isch also so quasi Mitbsitzer vo dere Wohnig worde u het dür das a de Versammlige o Mitspracherächt gha. Verwaltet hei si sech sälber. Gnosseschaftlech äbe. Mit de Jahr het di Wohnbougnosseschaft Bödeli no wyteri Hüser bboue. U z Seebad wäri eigetlech no e Erwyterig planet gsy. Di isch aber du nie realisiert worde, wil me z Interlake, am Höhewäg, d Ligeschaft vom ehemalige Hotel Drütanne het chönne erwärbe u dert du moderneri Wohnige het chönne erstelle. Das Huus hie ghört aber geng no der Wohnbougnosseschaft. Dir heit nech vilecht scho gfragt, wiso das Huus d Gärte u d Balkön vom See furt het. Der Grund isch eifach: Denn wo die Hüser sy bboue worde – äbe während em Chrieg – het me d Sälbschtversorgig vor Ouge gha. Nid d Freizyt. Drum het me ds Huus a d Strass bboue u der Garte hinde use. Wärs umkehrt, hättis im Garte weniger Ertrag ggä. So eifach isch das. No öppis Wichtigs zu de Bewohner: Wievil vo dene dert Gnosseschafter sy, han i no nid usebracht. Das wäri aber no z kläre, wil: Die wo Gnosseschafter sy, hei öppis z säge. Die wo nid Gnosseschafter sy, müesse schwyge. U das füehrt schynbar geng wider zu Konflikte. Wie bi gwöhnleche Hüser, wo der Husbsitzer Mieter het, wo nid so wei tue, wien är sechs vorstellt. Nume wohne imene Huus vo der Wohnbougnosseschaft grad mehreri Bsitzer. Lämpe sy also vorprogrammiert.»

«Interessant, was me da so alls vernimmt. Danke Sepp: Aber jetze e Guete.» Der Fahnder het gseh, dass ds Ässe im Aamarsch isch u het drum der Informationsteil beändet.

Wo si ds Gaffee serviert überchöme, hocket der Christian Hofer zue ne.

Syner Meinig na steits i der Cholchose under de Bewohner älwä nid zum Beschte. Wil me sech i däm chlyne Dörfli kennt, wüsse vili vo vilne öppis. U das chunnt meischtens i der Dorfbeiz zäme.

«Me ghört dises u jenes. Em Karlen zum Bispiel heigi öpper e Chüngel vergiftet. Dä vermuetet der Grunder, wil dä öppis gäge di Tier heigi.

Der Grunder spilt der Husmeischter, het aber eigetlech glychvil z säge, wie di Andere o. Ussert der Frou Hess sy alli Gnosseschafter. E wichtegi Tatsach, we dir wüsset, wie di Gnosseschafte funktioniere.»

«Mir heis vor em Ässe grad erfahre», erklärt d Svenja.

«Der Hintermeier u sy Frou sy bire schynbar sehr orthodoxe Gloubensgmeinschaft. Drum akzeptiere die o ds Läbe vo der Frou Hess, als eleierziehendi Mueter, nid. D Frou Hess het schynbar öppe einisch Mannebsuech. Wän wunderets, i ihrem Alter? Churz: I däm Huus sitze alli ufemene Pulverfass. U dass es jetze gchlöpft het, überrascht eigetlech niemer. D Überraschig isch nume, dass niemer fählt. Das git z brichte!»

Der Fahnder fragt du no wäge der Kira Kovalska nache. Da weis der Hotelier aber o nid vil meh, als dass der Fahnder scho mitübercho het. Einzig dass si vil Bsuech het u sech am Läbe im Dorf absolut nid beteiliget, weis er. Si schynt nid nume optisch e Frömdkörper z sy, sondern o gsellschaftlech.

Der Fahnder bedankt sech für di Informatione.

Nachdäm der Hotelier wider zrugg i d Chuchi isch, bespräche si ds gmeinsame Vorgehe.

«Ds Ziel isch» meint der Fahnder «das under-schwellige Füürli chli zum Lodere z bringe. Dadermit chöi mer gspüre, wär es Motiv chönnti gha ha. U äbe o wär ds Ziel chönnti gsy sy.»

«Komisch tönt das aber scho. Mir sueche e Täter, hei aber ke Ahnig öbs überhoupt es Opfer ggä het.» D Zwyfel sy der Svenja aazmerke.

Wie sis abgmacht hei, lütet der Fahnder bim Karlen u geit mit ihm zu de Chüngelställ.

Der Sepp verschwindet bi Grunders i der Wohnig u d Svenja brichtet mit der Frou Hess.

Abgmacht isch gsy, dass der Fahnder nachem Zä-mecho mit em Karlen zu Hintermeiers geit, dass di Gspräch öppe e Halbstund sölle duure u me sech de nächär vorne am See wölli träffe, für sech gägesytig z informiere. Aaschliessend wölli me de alli Bewohner im Garte usse über d Ergäbnis u ds wyter Vorgehe orientiere.

Das es du nid ganz so isch usecho wie planet, het – wän wunderets? – der Grunder verursacht. Dä het nämlech der Sepp nach drei Frage zu der Wohnig us spediert.

Uf der andere Syte isch d Svenja ersch nach fasch ere Stund zu de zwee Andere gstosse. D Frou Hess heigi vil z brichte gha, meint d Fahndere u faat du o grad a mit verzelle.

Di Frou heigi mit zwänzgi e Maa usem Libanon ghürate. Nid z Letscht, wil si schwanger sygi gsy. Dä Maa heigi se am Aafang uf Hände treit. Aber äbe nume am Aafang. Je lenger je meh heigi si gmerkt, dass er se usnützi. Ds zweite Chind sygi so meh oder weniger us Verzwyflig entstande, wil si gmeint heigi, dür das wärd ihre Maa wider wie vorhär. Das sygi aber e Trugschluss gsy. Scho es halbs Jahr nach der Geburt vom Shela, syg er zrugg i Libanon, heigi vo dert us d Scheidig ygreicht u ds Ganze greglet. Gäld überchömi si wenig. Aber es längi grad für zum Läbe. O dank der günschtige Wohnig.

Fründ heigi si kene, obwohl si gärn e Maa hätti. Scho wäge de Chind. Si heigi scho hie u da Bekanntschafte, aber nüüt Definitivs. Mit de Lüt im Huus göngis einigermasse. Am Beschte mit em Karlen. Dä heigi ihrer Chind gärn. U o ihrer Tier. A Grunders Gchlopf mit em Bäsestil heigi si sech mittlerwyle gwanet. Chind machi halt Lärme. U das Huus sygi gar ringhörig.

Zu de Lüt im Huus gägenüber heigi si es speziells Verhältnis. Si heigi nid vil uf se. D Kira syg e Chue u dä wo obe dranne wohni e Laggaff. Genau so heigi d Frou Hess das gseit.

«Es isch älwä doch nid alls so Friede Freude Eierkuchen, wies am Aafang gschune het. Aber jetze zu dir, Sepp. Wiso het di der Grunder usegheit?»

«Wil ig ihm di richtige Frage gstellt ha», seit dä stolz. «Uf d Frag, wiso si der Kira Zwätschge gseit heige, het er mer zersch afe erklärt, dass ig das ihn z frage heig. Nid ihn u sy Frou. Hie redi nume är. Di Kira sygi nid nume e Zwätschge, sondern es Tubelhuehn. Meh gäbs nid z säge. Über d Frou Hess het er gseit, dass syg e Schlampe, wo mit jedem i ds Näscht göng, wo grad umewäg syg. Der Nazar heigere aber du d Hüehner yta. Mit däm heigi si o wölle, aber nid gmerkt, dass dä Cheib ja Schwul syg. U wen er grad wölli wyterfahre mit beurteile: Hintermeiers syge frömmelegi Hüüchler u der Karlen heigi en Egge ab. Syg nid schleuer, als syner Chüngle. Won ig ne du wägem vergiftete Chüngel gfragt ha, het er e hochrote Chopf überchu u mer unmissverständlech zeigt, wo der Schryner d Türe gmacht het u gmeint, wen i ds nächscht Mal wölli zu ihm cho, heigi mi aazmäl-de, damit er chönni e Aawalt byzieh. Ja, u nächär bin i dusse gstande.»

«Potz mänt Änneli. Starche Tubak. D Polizei zu der Hütte us gheie!» D Svenja lächerets. «Aber was hesch de du ghört, Franz?»

«Bi mir isch es gsitteter zue u här ggange. U glych nid ganz. Der Karlen het mer vo syre Vergangeheit brichtet. Är hets nid liecht gha i sym Läbe. Verdingbueb. Handlanger. Zum Glück – wien er seit – nie ghürate. Sys Läbe besteit us wärche u de Chüngle. U öppe einisch usem Spile mit der Arab un em Shela. Da blüeit er fasch chli uf. Leider het er ufem Bou schlächti Erfahrige gmacht mit Usländer. Us syre Sicht überchöme die z vil. Das rüehrt vilecht o vo dert här, das er sälber nie het übercho. Uf jede Fall het er e Hass uf alls, wo frömd isch.»

«Das chan i verstah. Es cha ja doch nid sy, dass mir Schwyzer …»

Der Sepp wird vom Fahnder resolut underbroche: «Usländerfrage sy hie nume insofern relevant, dass der Karlen e Hass uf d Kira u ufe Nazar het. Schynbar benäme die sech scho sonderbar. Das hei mer o Hintermeiers bestätiget. Si säge, dass dert äne Orgie gfyret wärde. Si sy völlig gäge das freie Läbe, wo dert praktiziert wird. Sodom und Gomorrha, säge si däm. U – obwohl sträng glöibig – säge si, dass me settegi Gschöpf vo Gottes Ärdbode sötti entferne. Entferne. Das Wort hei si brucht. Aber no öppis Anders isch speziell: Der Hintermeier u der Grueber hei i ganz früechere Zyte mal irgendöppis zäme gha. I ha nid chönne ergründe, was gnau. Aber so wies usgseht, het der Eint mit der Frou vom Andere … Vilecht erfahre mers de einisch.» Der Fahnder macht e Pouse u fasst du zäme: «I däm Huus het fasch jede gäge jede öppis. U d Nachbare chöme dürewäg schlächt wäg. We mer ds Opfer hätte, wüsste mer meh.»

«Wo isch äch de dä Nazar? Das isch der Einzig, wo mer no nid gseh oder ghört hei.»

«Genau. Aber i dänke, dass mer nid nume zu der

Frou Kovalska müesse, sondern dass mir no chli chönnte ds Füürli aafache. Svenja, du geisch d Lüt vom obere Stock ga reiche. Du Sepp informiersch die unde dranne. I gah zu der Frou Kovalska u de träffe mer nes alli bim Gartezuun vorne. Mal lose, wie die mitenand umgöh.» Der Fahnder tönt dezidiert.

Sogar der Grueber isch da. Aber ohni Frou. Hintermeiers sy beidi cho u d Frou Hess isch o erschine. Der Karlen trappet grad zueche, wo der Fahnder mit der Kira chunnt.

Die zwöi trennt der Gartezuun vo de Andere. Das isch vilecht grad guet eso, fallts em Fahnder uf. De müesste si ömel öppis überwinde, we si enand sötte a d Gurgle wölle.

«So. De wäre mer also alli da. I däm spezielle Fall ischs mir wichtig, dass mir öich aktuell halte. I fasse drum churz zäme. Der Frou Kovalska han i churz erklärt, was vorgfalle isch. Stand jetze isch: Mir hei geng no ke Tote, wo hätti sölle erschosse worde sy, hei aber im Garte müglechi Spure erchennt. Feschtgstellt hei mer o, dass der Nazar Petrovic bi de Bewohner doch rächt i der Schusslinie steit – wen i däm ömel bildlech so darf säge.»

«Der Nazar?», rüeft d Kira entsetzt. «Wiso denn der Nazar? Der hat doch niemandem etwas getan. Das ist doch so ein friedfertiger Mensch …»

«E Jugo isch er!», rüeft der Karlen.

«U schwul!», der Grunder.

«Gottlos syt er! Alli beidi!», trumpetet d Frou Hintermeier.

D Frou Hess luegt vor ache a Bode.

«Dir gseht, Frou Kovalska, ds Urteil gägenüber em Nazar isch nid guet. Un es würdi mi nid wundere, wen är ds Opfer wär. We mer ömel de eis hätte», meint der Fahnder resigniert.

«Was söll das heisse? Chönntis sy, dass ... Heit dir ...?» D Kira luegt zu de Lüt änet em Gartezuun u päägget: «Nei! Das darf doch nid ...! Der Nazar ...! Erschosse? Öpper vo öich het der Nazar er ...» D Kira Kovalska het sech am Gartezuun fescht, atmet i ganz churze Züüg u droht umzkippe.

«Die redt ja Bärndütsch!» Der Grunder louft rot aa.

«Derby het die geng Dütsch glaferet. Spinnen ig, oder spinnt die?»

«I ha die no nie ghört Mundart rede», stellt o d Frou Hintermeier fescht.

«Nenei. Dir spinnet nid», seit d Kira, sichtlech betroffe. «Un ig o nid. I cha so guet Bärndütsch wie dir. I bi Schouspilere u Regisseurin u drum ghörts zu mym Bruef, mit der Sprach z spile. Aber was isch jetze mit em Nazar? Heit dir ne gfunde? Was wüsst dir über ihn? Was wüsst ihr vo ihm?»

«Mir wüsse eigetlech nüüt. Mir wüsse nid emal, öb ihm dä Aaschlag ggulte het. Ja, mir wüsse no nid emal, öb das e Aaschlag isch gsy. U so wies usgseht, wärde mir allerinächschtens d Undersuechige ystelle, wil mer ja ke Tote hei.» Das Mal tönt der Sepp resigniert.

«Wüsst dir nid, wo der Nazar isch?», fragt d Svenja.

«Nei. I ha ne scho syt drei Tag nümme gseh. Das isch aber nid ussergwöhnlech. Är isch vo sym Bruef här vil u unregelmässig underwägs.»

«Also, Frou Kovalska. Machet nech nid allzu grossi Sorge. Probieret ne z erreiche u gät üs Bscheid, we dir ne gfunde heit. Hie isch mys Chärtli. I bi allerdings morn nid da.»

Wo der Sepp u d Svenja uf di Ussag hi chli komisch luege, wil o sii vo dere Absänz ds erschte Mal ghöre, erklärt er: «I mache morn mit myre Familie e Bahnusflug i ds Blaue – bi däm Wätter mues me doch use, oder?»

Mit emene Lache probiert der Fahnder der aagspannte Situation chli d Spannig z näh: «Myner Mitarbeiter sy aber erreichbar. U jetze schlan ig vor, dass mer afe einisch Schluss mache u dass mer probiere, langsam wider chli Normalität i di Situation z bringe.»

Eigetlech hätti der Fahnder ghoffet, das es jetze Rueh würdi gä. Aber nüüt isch! D Kira, wo sech schynbar wider ufgfange het, kläffet übere Gartezuun übere: «Mörder, Mörder was der syt. Eländi. Hüchler! Flittli! Hasser! Elände Gwalttäter gägenüber dyre Frou!»

U bis dass der Fahnder derzue chunnt, däm Trybe Yhalt z gebiete, het si di Wort der Reihe naa Hintermeiers, der Frou Hess, em Karlen un em Grunder mit ere ungloubleche Hässigkeit a Gring pängglet.

«So. Es tuets jetze. Es isch gnue Öl im Füür. Göht jetze alli hei u beruehiget nech.» Der Fahnder packt d Kira dezidiert am Ellboge u geit mit ihre em Huus zue.

O di andere Bewohner zieh sech langsam i ihri Wohnige zrugg.

D Kira tuet d Wohnigstür uf. Der Fahnder wott hinder ihre nache i d Wohnig yne. Im Türgreis inne dräit sech di Frou aber um u seit monoton: «Si hei der Nazar umbracht. U ne wäg gschafft. Der Nazar isch tot. Furchbar! Löt mi bitte elei. Danke.» U bevor der Fahnder no öppis cha säge, schletzt si d Türe zue u dräit der Schlüssel.

Bi de Outo träffe si sech wider. Em Fahnder merkt me aa, dass er müed isch.

Bevor si mit ihrne Wäge uf ds Bödeli zrugg fahre, fasst jedes no einisch syner Ydrück zäme. Es fallt ne uf, dass di früecheri Rueh under de Bewohner – o we die under emene Techel isch gsy – wäg isch. Me gpürt, dass sech di vier Parteie fö aafa uf ds Gäder gah. Ja, me gspürt sogar e langsame Hass ufcho, wo jedi einzelni Partei gägenüber der Andere het.

E gfährlechi Entwicklig!

Zudäm hätti jede vo de Bewohner o es Motiv. U de blybt o no d Frag offe, wär de der Tot hätti chönne wäg gschaffet ha. Wil me aber nid emal weis, öb der Totnig der Nazar chönnti sy u was dä für ne Poschtur het, weis me o nid, öb das ei Person elei chönnti gschafft ha, oder öb sogar zwee vo de Bewohner di Tat verüebt hei.

Alli Drü sy gschlage. Wil si eigetlech gar nüüt wüsse.

«Was für nes Gchnorz! I däm Nidfall», stellt der Sepp fescht. «I bi würklech froh, chan i ab i d Ferie!»

«U lasch nes elei. Das isch nid schön vo der. Du chönntisch ja d Ferie verschiebe, bis das mer hie düre sy», föpplet d Svenja.

«Sicher nid! U de ganz sicher nid wäg so mene Itsch. Vo dene hei mer ...»

«Bisch e Liiri!», lachet d Svenja.

Der Fahnder git für e morndrig Tag no Ufträg use. D Svenja mues sech um d Kira u ume Nazar kümmere.

Der Sepp um di vier Parteie. U zwar wyt zrugg.

U de sötti de der KTD unbedingt di erschte Informatione lifere. Dä wird nämlech langsam zum Schlüssel vo däm Fall. Chugle, Hülse, Waffe, Bluet? Oder nume Ketchup?

Bevor der Sepp u d Svenja i ihres Outo styge, futteret der Sepp no einisch: «U das alls wäg emene eifältige, nützrazige Usländer. Mir heis scho afe wyt bracht i üsem Land. Bedänklech wyt!» Är startet der Motor u fahrt hässig vom Platz.

Wo der Fahnder losfahrt, chunnt ihm i Sinn, dass er ja em Füfi sötti i der Sunne z Matte sy. Es würdi ihm nume no länge i ds Büro ga z chehre. Drum beschliesst er, grad diräkt a Sitzigsort z fahre.

Bi der Begrüessig seit der Vorsitzend: «Ganz speziell wetti der Fahnder Flück willkomme heisse. I bi zwar erstuunt, ihn hie z gseh. Abgmacht isch gsy, dass der Konrad Hess teilnimmt. Aber dä het älwä Wichtigers los.»

Ds Glächter vo de andere Aawäsende bestätiget em Fahnder sy Vermuetig, dass o die der Hess nid so möge.

U richtig. Der Vorsitzend seit: «Mir sy natürlech erfröit, di hie z ha. De wüsse mer, woran dass mer sy.» No einisch Glächter. Du ghört der Fahnder, was eigetlech planet isch. Es söll e Tag gä, wo sech d Blauliechtorganisatione der Bevölkerig wei vorstelle. Der Termin isch scho gnaglet u d Aktöre sy klar: Füürwehr Bödeli, der Rettigsdienscht vo de Spitäler FMI u d Kantonspolizei mache mit.

D Füürwehr brichtet churz, was si alls wott bringe. Der Fahnder gramselets im Äcke. Nid wäge der Füürwehr. Wäge der Polizei. We d Füürwehr scho so wyt isch un es fertigs Programm het, de hätti är älwä o öppis sölle mitbringe. Oder äbe der Hess, dä blöd Möff!

U richtig: Wo der Rettigsdienscht erklärt het, dass si mit em Kata Fahrzüg, mit em derzueghörende Aahänger u wahrschynlech mit drei Ambulanze wärde derby sy u dass si eventuell o no mit der REGA zäme öppis wärde mache, het der Vorsitzend zum Franz gluegt.

Dä seit du troche: «D Kantonspolizei chunnt sälbverständlech o.» Di Aawäsende luege ne aa. Fragend.

«U mit was gnau?», fragt der Vorsitzend.

«Also afe einsich mit mir.» Är cha ds Lache fasch nümme überha. Di Andere merke o langsam, um was dass es geit.

«I ha hütt am Morge der Befähl übercho, hie häre cho z lose. U ha jetze gmerkt, dass dir mit öier Planig scho wyt syt. Vilecht het der Hess öppis vorbereitet. I jedefalls weis nüüt u cha nech drum o nüüt säge. Tuet mer leid.»

«Ja, das isch scho nid grad so guet», meint der Verträtter vo der Füürwehr. «Mir hätte hütt am Aabe wölle ds Programm u d Ablöif bespräche u feschtlege. Das geit natürlech jetze nid. Aber du chasch ja nüüt derfür.»

Si beschliesse du, di Üebig abzbräche.

Der Fahnder verspricht ne, bis inere Wuche es Konzept z ha. U de chönnte me sech wider em Füfi hie träffe. Füürwehr u Rettigsdienscht hei du no gwüssi Details zäme wölle bespräche. Daderzue hets der Fahnder aber nümme brucht. Dä isch missmuetig gäge hei zue.

Deheime het ds Roseli öppis ganz Feins Znacht gchochet gha. D Barbara heigi müesse der Termin verschiebe, hets gseit.

Nachem Znacht sy di Beide no chli der Aare na ga spaziere.

Am Waldrand sy si abghöcklet u du het der Fahnder chönne brichte, wien er d Rolle vom Pfarrer wott spile. «Weisch, i probiere, nid allzu geischtlech z tue. D Uffüehrig i däm Jahr isch ja mit allerhand Luschtigem gspickt. Luschtiger als früecheri Inszenierige. Drum wirden ig my Rolle o chli fröhlecher interpretiere. Obwohl dass es ja no geng e ärnschti Aaglägeheit isch.»

«Zeigsch mer wie?»

Es isch nid ds erschte Mal, dass der Fahnder em Roseli e Text vorspilt. Är steit uf, lockeret chli d Schultere, leit sech i Pose u seit: «Hört, was mir Gott ins Herz gibt, Eidgenossen! Wir stehen hier statt einer Landsgemeinde. Und können gelten für ein ganzes Volk. So lasset uns tagen nach den alten Bräuchen des Landes, wie wirs in ruhigen Zeiten pflegen. Was ungesetzlich ist in der Versammlung, entschuldige die Not der Zeit. Doch Gott ist überall, wo man das Recht verwaltet. Und unter seinem Himmel stehen wir.» Derzue streckt er d Arme em Himmel zue.

«Sehr schön gmacht!» Begeischteret steit ds Roseli uf u git em Schouspiler es Müntschi. «Bisch der gebornig Rösselmann, Franz. I bi sicher, dass du e wunderbare Pfarrer wirsch gä.»

«Danke für d Blueme. Mol. So langsam chan i mi o dermit aafründe, e Geischtleche z spile. U wen i üse aktuell Fall aaluege, wärs mer sogar glych, wen i o im Bruefsläbe chönnti Pfarrer sy, statt Fahnder.»

«Da bin i de aber nid so sicher», lachet ds Roseli. «Du wärsch zwenig Gottesfürchtig u vil, vil z gwunderig für ne Pfarrer. Als Geischtleche muesch gloube. Nid wüsse. U als Fahnder grad ds Gägeteil. Gloube bringt dir nüüt. Du muesch wüsse. Aber chum. Mir göh no chli.»

Si nimmt ne a der Hand u du loufe si wyter der Aare nah. Em Fahnder wirds warm um ds Härz. So zuetroulech u nach isch sys Froueli scho lenger nümme gsy. Är dänkt scho chli a ds Heicho, gnauer gno a ds Deheisy. A ds Zämesy, deheime. A ds enand nach sy.

Si sy no rächt wyt gloffe, bis der Fahnder du meint, es wäri Zyt, umzchehre.

Uf em Rückwäg het du sy Frou no Gnauers wölle wüsse übere Fall z Seebad. Der Fahnder het ihre brichtet. Un er het ihre o brichtet vom Bsuech bi der Bea. Dass si ihm gseit het, är sölli sech uftue. Söll nid alls i sich yne frässe.

Ds Roseli seit nüüt. Lat ne brichte. Won er fertig isch, meints nume: «Gäll, di Bea isch e härzegi?»

«Wie chunnsch druf?»

«Si isch jung u hübsch. U nid so alt, verrumpflet u unmüglech wien ig. Gfallt si der?»

Irgendwie füehlt sech der Fahnder ertappt. Un er gspürt, dass er mit em Yversüchtig sy vo syre Frou no überhoupt nid cha umgah.

«Warum seisch nüüt? Si gfallt der würklech, gäll?», bohret ds Roseli no einsch nache.

«Eh, si isch sicher ke Leidi. Aber ...»

«Gsehsch. Luegsch scho e jungi Frou aa u stellsch sogar scho fescht, dass si ke Leidi isch. Geit gar nümme lang u de luegsch nume no jungi Froue aa. U mii nümme.»

All di Härzlechkeit, wo si di letschti Stund zäme gha hei, isch uf ei Schlag verfloge. Der Fahnder chönnti sech chläpfe! Hätt er doch gseit, d Bea syg e strube Haagge. De hättis vilecht nüüt gmacht. De wäre si vilecht geng no Hand in Hand underwägs u hätte hinech deheime ...

Ohni wyteri Wort trappe di Zwöi hei zue. Jedes mit syne Gedanke beschäftiget.

Der Vatter Flück het der Nika uf em Schoss u chützelet ne. Dä lachet gredi use u rangget uf de Chnöi vo däm alte Maa desume. Dä schynt das überhoupt nid z störe. Är lächlet nämlech mit däm chlyne Knirps um d Wett.

Es isch scho erstuunlech, was so nes jungs Mönschli us emene alte Maa cha mache. Bevor der Nika uf d Wält isch cho, het me gmeint, der Vatter Flück läbi nümme lang. Im Altersheim het er praktisch nümme mitgmacht. Är isch uf sym Stuehl ghocket u het vor sech häre gstieret. Gredt het er fasch nume no, we öpper ihn um Rat isch cho frage. Geischtig isch er zwar geng sehr wiff bblibe, aber d Gmeinschaft het er nümme wölle pflege. So het er halt o körperlech abggä.

Das het sech schlagartig gänderet, wo der Nika uf d Wält isch cho. Vo denn aa isch dä alt Maa ufgläbt. Es het zwar no es Zytli brucht, bis er o körperlech wider sowyt zwäg isch gsy, dass er mit sym Urgrosschind ufe Spielplatz het chönne. Mittlerwyle isch der Vatter Flück aber e wohl alte, aber durchus ufgstellte, interessierte u aktive Maa.

Der Fahnder u ds Roseli luege dene Beide zue. O si sy ufgstellt. D Gfüehl vom geschtrige Aabe hei si deheime gla.

D Barbara lächlet dankbar ihrem Grossätti zue.

Die vier Generatione sy ufemene Usflug. Ussert em Roseli weis niemer, wohäre das es geit. Si hocke alli zäme imene Abteil. Der Nika gumpet zwüschyne vom Einte zum Andere, so, dass er sälber gar ke Sitzplatz brucht.

Wo der Zug z Thun ahaltet, seit der Vatter Flück: «Da het öpper öppis vergässe. Ghört äch das em Maa, wo da näbe üs ghocket isch?»

Der Fahnder gseht e violette Plasticsack ufem Bank lige. Är packt ne u stüüret du – ohni de Andere no öppis z säge – mit schnälle Schritt em Wageusgang zue.

D Barbara gseht, wien er uf ds Perron uselouft u sech umluegt. Wo d Türe fö afa pfyfe, gumpet er wider zrugg u chunnt du zue ne.

«I ha ne niene meh gseh. Komisch!», seit er usser Atem u sitzt ab.

«Eh, bi so vil Lüt cha schnäll öpper verschwinde»,
meint d Barbara.

Der Fahnder tuet der Plasticsack uf, luegt yne, u
nimmt es Ringbuech use. Zersch bletteret er chli
drinn ume, geit no einisch zum Deckblatt zrugg u
seit: «Versuch eines Theaters.» Du schlat er e belie-
begi Syte uf u list: «Du? Ausgerechnet du? Du hast
in diesem Hause überhaupt gar nichts zu befehlen.
Wir haben alle dieselben Rechte. Kümmere dich um
deine ... – schynt mer e ghässegi Sach z sy.»

Ds Roseli rüeft: «Geits no? Du darfsch doch nid i
frömdem Züüg desumenuusche.»

«Dörfe eigetlech scho nid. Aber e Fahnder isch halt
vo Natur us e Gwunderhund», seit verschmitzt lä-
chelnd der Vatter Flück.

Der Fahnder bletteret no chli wyter, list zwüschyne
öppis u list du no lut vor: «Von hier aus lässt sich
alles genau beobachten. Und sie sind ja alle so durch-
schaubar. Diese einfach gestrickten ...»

«So. Jetze aber gnue gwunderet, Franz. Fertig
dermit.» Ds Roseli nimmt em Fahnder dezidiert das
Dräibuech wäg, steckts i Plasticsack zrugg u seit: «I
gibe de dä Fundgägestand em Zugbegleiter. Dä wird
wohl wüsse, was me mit so öppisem mues mache.»

Der Fahnder luegt chli stober dry. Är wott aber uf
ke Fall der hüttig Tag mit ere Missstimmig trüebe. U
ganz sicher nid wäg emene verlorene Gägestand.

Churz vor Bärn übergit ds Roseli dä Plasticsack em
Bähndler.

D Reis geit wyter. D Stimmig isch guet. Si styge z
Bärn um u fahre i Richtig Payerne.

Churz vor Murte seit ds Roseli: «Mir müesse jetze

usstyge. I ha dänkt, Murte syg es Stedtli, wo öich chönnti gfalle. Planet han i eigetlech nüüt. I dänke, mir nähs wies chunnt. Ds Wätter isch ja herrlech u da chöi mer nes sicher vertörle.»

«Murte!», rüeft d Barbara. «Wie chunnsch du grad usgrächnet uf Murte, Mueti?»

«Wil i gueti Erinnerige a dä Ort ha. Nei, wil mir gueti Erinnerige a dä Ort hei, gäll, Fränzeli?»

«Sehr gueti Erinnerige sogar. Eigetlech di erschte gmeinsame Erinnerige, wen ig mirs gnau überlege.»

Die Beide lache u luege sech verliebt aa.

«Dir o?», lachet d Barbara. «Mir o! Der Felix un ig hei nes nämlech hie ds zweite Mal troffe. Am Open-air. U hie hets eigetlech du definitiv gfunket. Scho no schreg, oder?»

«I ha gar nid gwüsst, dass du z Murte amene Open-air bisch gsy.» Ds Erstuune vom Fahnder isch ehr-lech.

«Es sich besser, we du nid alls weisch vo mir. U du weisch ganz e Huffe nid. Glücklecherwys! O d Toch-ter vomene Fahnder het ds Aarächt ufenes Privatläbe.» D Barbara lachet wyter.

«Chömet. Mir wei ueche i d Altstadt. I dänke für dii söttis z loufe sy. Mir nähs hütt gmüetlech.» Ds Roseli stützt der Vatter Flück am Ellboge u so loufe si langsam ueche, däm härzige Zäringerstedtli zue.

Der Fahnder hocket vor emene Altstadthuus ufenes Bänkli u nimmt der Nika ufe Schoss. Du singt er däm chlyne Bueb ds luschtige Liedli vom Töff vom Poli-zischt mit em Loch im Pneu vor. Der Nika macht d Bewegige, wo zu däm Lied ghöre, nache. U jedes

Mal, we der Fahnder singt: «… u mir flickes mit emene Tschjuwinggam», lachet der Nika grediuse u rüeft: «No einis! No einis». Mit em sch het ers drum no nid so.

Es isch e gmüetleche Tag worde. Un es het vil z verzelle ggä.

Nachem Mittagässe hei du di beide Froue beschlosse, si gönge mit em Nika no chli ache a See. Für e alt Maa wärs z wyt gsy. Wil der Fahnder ne nid het wölle elei la, sy si du zäme ine Gartewirtschaft ghocket. Warm gnue isch es scho gsy, i dene schützende Muure inne.

Die zwee Manne hei du afa brichte zäme. U wies nid anders z erwarte isch gsy, het der Vatter wölle wüsse, a was für emene Fall das er wärchi.

Der Fahnder het ihm verzellt, wie chnorzig das es das Mal sygi. Won er fertig isch gsy, het der Vatter Flück i sy Jaggesack greckt u nes chlyses Pendel füre gno. Em Fahnder isch es zwar nid so ghür gsy. Pendle, so i aller Öffentlechkeit?

Der Vatter hets gmerkt: «Das isch ds Privileg vomene alte Maa. Är darf fasch alls mache. Me vergit ihm sämtlechs Verhalte. Eifach wil er alt isch.»

Dermit nimmt er ds Pendel zwüsche zwee Finger vo der rächte Hand u lats la schwinge. Unde dra het er di anderi Hand. Mit der Innehand gäge obe. Der Fahnder gseht, wie ds Pendel zersch rundum, u de langsam grad schwingt.

«Wosch o einisch?»

Der Fahnder isch überrascht. Är u pendle! U glych: «Meinsch?»

Der Vatter zeigt ihm, wien er ds fyne Chetteli mues

zwüsche d Finger näh u was er mit der andere Hand mues mache.

Du meint er: «Z ersch muesch em Pendel säge, wie nes söll schwinge, wen es dir wott es Ja säge. Bi mir schwingts bimene Ja hin u här. Bimene Nei, kreisets.»

«De will igs o so ha. U nächär?» Der Fahnder isch gwunderig.

«Nächär muesch ds Pendel frage, öb du dörfisch pendle. Wes schwingt, de darfsch wyterfahre, wes kreiset, oder nüüt macht, de muesch höre. U das muesch ärnscht näh. Du chasch nämlech nume richtig pendle, we du, we dy Körper u dy Geischt, bereit sy derfür. Also.»

Si luege beid uf dä Chegel ache u warte. Es passiert nüüt. Der Fahnder wott scho ufhöre, wo ds Pendel langsam faat afa kreise. Je lenger je stercher dräits. Ohni dass der Fahnder öppis gmacht hätti. Erstuunt, aber o chli enttüscht git er sym Vatter ds Pendel zrugg.

«Guet hesch das gmacht. I wäri fasch chli überrascht gsy, we ds Pendel hin u här gschwunge hätti. Ds Kreise zeigt mir, dass du chönntisch pendle, we de wettisch. Nume bisch älwä no nid ganz bereit derzue. Aber das chunnt de scho. Pendle brucht Geduld, Rueh u Yfüehligsvermöge. Erzwinge lat sech gar nüüt. I wil jetze luege, öb i dir i dym Fall chli cha hälfe. Das schynt mer ganz e Kuurlige z sy.»

Är lähnet sech hindere u macht kener Aazeiche, wie wen er wetti pendle. Der Fahnder längwylet sech u vergyblet glychzytig fasch, wil er hoffet, dass er – einisch meh! – vo sym Vatter e Tipp überchunnt. Är weis aber, dass er mues Geduld ha. U die fählt ihm im Momänt sicher no. Nid nume für ds Pendle.

Chli später het du der alt Maa doch no einisch ds Pendel füre gno. Vorhär het er ne ds Einte oder Andere übere Fall gfragt gha. Du het er pendlet. Gseit het er derzue nümme. Das het der Fahnder gstresst. Är hätti eigetlech gärn wölle wüsse, was sy Vatter für Gedanke het gha, wo di Bewegige usglöst hei.

Ersch wo du di beide Froue u der Nika wider sy zuene gstosse, het er zum Fahnder churz gseit: «Du muesch Regie füehre, niemer Anders!»

Erchlüpft isch der Fahnder nid ab dere Ussag. Är het scho mängisch so kuurlegi Tipps vo sym Pendler übercho. U fasch geng hei si gstumme. Ömel we de der Fall glöst isch gsy.

Vatter u Sohn hei du der Bruef wider i Hindergrund grückt u zäme hei di Füfi no e gmüetleche u – vor allem wägem Nika – no ne luschtige Namittag verbracht.

Deheime isch du wider öppis passiert, wo der Fahnder i der letschte Zyt öfters feschtgstellt het. Sy Frou isch ja früecher geng sehr usgliche gsy. Si isch die gsy, wo ihn achegfahre, oder ufgstellt het, wen er im Bruef i Situatione gsteckt isch, wo ne uf d Palme bracht oder niderdrückt hei. Si isch der ruehig Pool i ihrer Familie gsy.

Bis vor churzem.

I der letschte Zyt würkt ds Roseli zerströit. Aber nid nume. Mängisch isch sy Frou aahänglech, mängisch abwysend. Mängisch fröhlech u de – vo der einte zu der andere Sekunde – betrüebt. Fasch schwärmüetig. U zwüschyne o hässig. Also di ganzi Palette vo mönschleche Regige zeigt di Frou, wo jahrzähntelang d Rueh sälber isch gsy.

Wo si sy hei cho, het ds Roseli gstrahlet, wil si gwüsst het, dass dä Usflug, wo si organisiert het, allne gfalle het. Si het Fröid gha, dass der Vatter Flück het chönne mitcho u o dass er zum Nika so ne guete Draht het.

Zäme hei si du no es Glesli Rote trunke. Nachem Gsundheitmache het ds Roseli uf ihre Buuch ache gluegt u pischtet: «Schrecklech! Lueg mi einisch aa! Dick, alt. Äh, mir verleidets!»

Der Fahnder het ihre du ihrer Ydrück wölle usrede. U das isch grad dopplet lätz gsy. Si het ihm hässig gseit, är söll nid hüüchle. Si wüssi wie si usgsehij. U si wüssi o, dass er nid das überchöm, won er eigetlech möchti. U drum sygi si sicher, das er sech über churz oder lang e Anderi wärdi näh. U si verstöhij ihn sogar. Wär wölli de so eini wie si scho.

Si sy du ga lige, ohni zunenand no öppis z säge. Mol, für nes «Guet Nacht» hets no glängt. Für meh aber nid.

Der Fahnder isch fruschtriert gsy u het lang nid chönne yschlafe. Är het sech nid gwüsst z hälfe. Isch dere Situation nid gwachse gsy u het sech – halb im Schlaf – d Frag gstellt, wie das wäri, mit ere andere Frou. Wyter isch er aber nümme cho. Der aasträngend Tag het ne du glych la yschlafe.

Si stöh – geng wie geng – am Morge em zäh vor achti obe im Rapportrum vom Kantonspolizeiposchte z Interlake. Der Poschtechef Hess begrüesst u informiert über ds Gschehnige vo der Nacht. Seit, was am hüttige Tag Speziells aasteit u meint du: «U jetze du, Franz. Säg üs, was geschter i dym Fall passiert isch.»

Der Fahnder lat sech nid uf das Spiili y. Är weis ganz genau, was der Hess im Sinn het. Wen er jetze nämlech würdi säge, das er geschter frei heigi gha, würdi dä vor syne Kollege luthals frage, wiso um der Gotts Wille e Fahnder uf d Idee chöm, Mitts imene Fall e Freitag yzschalte. Di Fröid wott der Fahnder em Hess nid mache. Drum seit er: «Svenja, darf i di umene churzi Zämefassig bitte?»

D Svenja, wo genau weis, wiso si söll rede, meint: «Mir hei der geschtrig Tag brucht, für Abklärige z mache. Es isch schrege Züg derby usecho. I wott nech aber nid mit Details längwyle. Nume so vil: Mir blybe dranne, wil me mues vermuete, dass z Seebad wahrschynlech öppis gsetzeswidrigs abgloffe isch.»

Der Hess würgt sy Erger ache.

Der Fahnder lachet uf de Stockzähn u umarmet i Gedanke sy Kollegin. Super het die das gmacht! Souverän het si di heikli Situation gmeischteret. Är hättis nid besser chönne. We si im Büro unde sy, wott er ihre de es dicks Komplimänt mache derfür.

Der Hess lat aber no nid lugg. Im Gägeteil: «Cha nes üse Fahnder de vilecht öppis vo der Sitzig verzelle won er wägem PoTaBla gha het?»

«Eigetlech nid vil. Nume, dass di Aawäsende erwartet hei, dass du ihne es Konzept vorleisch. Wil weder du, no dys Konzept sy vorhande gsy, sy mer unverrichteter Dinge wider hei – u hei natürlech vorhär e nöie Termin abgmacht. Du schynsch aber so beschäftiget z sy, dass i vorschla, dass der Sepp das

Konzept erstellt u dass igs de – wil der Sepp am nöie Sitzigstermin i de Ferie isch – gah ga präsentiere. Chasch also dä PoTaBla bi dir abhääggle. Bruchsch di nümme drum z kümmere.»

Päng! Das isch gsässe.

Der Hess beändet der Rapport sofort u stolziert i sys Büro übere. Är hätti em Fahnder zwar chönne säge, das er ds Konzept vorhär wölli gseh. Dä hätti ihm aber vor allne Aawäsende ganz eifach gseit, das er sech bis jetze nid drum kümmeret heigi u sech drum o künftig nid müessi drum kümmere. Är hätti ne i ds Offside la loufe. Ihn, der Poschtechef Hess!

Im Büro meint der Sepp zerknirscht: «Hesch das ärnscht gmeint, mit däm Konzept?»

«Du kennsch mi. I meine sälte öppis nid ärnscht. Aber ke Angscht. I hilfe der. Das isch e churzi Sach. U übrigens, Svenja: Super gmacht vori, mit dene Usfüehrige zum aktuelle Fall! Gratuliere!» Derzue macht er d Fuscht u zeigt mit em Duume gäge ueche. «Aber jetze säget mer, was geschter ggange isch.»

D Svenja brichtet, dass der Hess geschter geng u geng wider zu ihne i ds Büro sygi cho u heigi gwunderet, was si machi. Es heigi fasch so usgseh, wie wen är d Fahndig i däm Fall würdi leite. Si heigi ihm aber nume ds Nötigschte brichtet, wil si d Informatione zersch mit ihm wölli bespräche.

«U das sy – wies d Svenja obe im Rapportruum richtig gseit het – schregi Informatione.» Der Sepp geit füre a ds Mind Map, nimmt sy Chugelschryber, zeigt uf ds Papier u faat mit syne Erkenntnis aa: «Der Karlen isch scho ghocket. Der Grund isch, dass er z

Habkere obe widerholt gwilderet het. U gstole. Betroge. Nüüt Grosses zwar, aber immerhin. Das isch zwar scho rächt lang här, aber är het also Dräck am Stäcke. Der Grunder isch o kes unbeschribnigs Blatt. Dä het bi üs o scho müesse aatrabe. Mehreri Mal sogar. Über Jahre hinwäg. Bi ihm ischs sy Jähzorn, wo ihm i d Queri isch cho. U no geng chunnt, wie mir o scho gseh hei. Nachbare hei öppe uf d Wach aaglüte, wil er sy Frou gschlage het. Bi de Yvernahme het d Frou Grunder aber geng wider blocket u dür das het me nie öppis Konkrets chönne mache. De chunnt no e anderi Facette zum Trage: Der Grunder als Schürzejeger. Der Hintermeier het ne einisch aazeigt, wil er eire vo syne Töchtere z nach isch cho. Si isch denn no minderjährig gsy. U dert isch du uscho, dass sech der Grunder o scho a di erschti Frou vom Hintermeier häre gmacht het. Wil er beides abgstritte het u Ussag gäge Ussag isch gstande – d Tochter het leider gschwige! – isch er o hie ungschore dervo cho.»

«Wie isch äch däm sys Verhältnis zu der Frou Hess? Das wäri doch o so nes dankbars Opfer.» Der Fahnder schrybt öppis i sys schwarze Büechli. «Danke Sepp, für dyner Abklärige. Was hesch du usebracht, Svenja?»

Jetze steit d Svenja zu der Tafele mit em Mind Map füre u seit: «D Kira u der Nazar sy total schregi Vögel. Won i uf der Gmeind d Date ha wölle abfrage, hei si mer gseit, si kenni niemer mit dene Näme. I ha du der Wohnsitz aaggä u erfahre, dass d Kira Kovalska eigetlech Cornelia Meier heisst. U der Nazar Petrovic heisst Ueli Meier. Also nüüt vo Itsch!» Dermit luegt si lächelnd zum Sepp übere.

Dä dräit sech ab u luegt de Vögel zue, wo dusse vor em Fänschter verby flüge.

D Svenja fahrt wyter: «Die Zwöi sy aber nid öppe verhüratet. De Näme aa chönnti mes zwar vermuete. Nei, es sy Gschwüschterti. Cornelia u Ueli Meier. Är isch der jünger Brüetsch. So eifach isch das. I ha mi du gfragt, wiso die das mit de Näme mache. U bi fündig worde. Si sy beidi glehrti Schouspiler. Är spilt am Stadttheater z Bärn u si füehrt am glyche Ort Regie. Aber nid bim glyche Stück. I dänke, bi ihne weis me nie gnau, öb ihrer Ussage ächt oder gspilt sy. Das müesse mer geng im Oug bhalte.»

«Lätz. Bi ihre wüsse mer das nie. Da hesch du rächt. Aber bi ihm wüsse mers überhoupt nid. Oder heit dir öppis über ihn usegfunde. Wüsse die im Stadttheater z Bärn öppis?» Der Fahnder wartet gspannt.

«Leider nid. Das han i o scho abklärt. Im Momänt het er spielfrei. Är sötti ersch übermorn wider ufträtte – wen er de no cha ufträtte. D Kira – i gloube, mir blybe älwä gschyder bi de Näme Kira u Nazar, wil d Nachbare ja o nume di zwee Näme kenne – also, d Kira isch jede Aabe z Bärn gsy. Ohni Underbruch. U ohni dass öpper bi ihre Unregelmässigkeite gmerkt hätti.»

Der Fahnder bedankt sech o bi der Svenja u dänkt du e Momänt nache. Drum erchlüpft er, wo ds Telefon tschäderet. Der Sepp nimmt ab u git der Höhrer em Fahnder wyter.

Nach der Begrüessig seit dä erstuunt: «Aahh? – Hoppla! – Jetz wirds spannend! – Genau. – Guet. Danke vil Mal.» De schliesst er das Gspräch u sys

Lächle – sovil wüsse di beide Andere scho – zeigt, dass er Nöiigkeite het. Gueti Nöiigkeite!

«Das isch der KTD gsy. Mit de erschte Resultat. Mit ufschlussryche erschte ...» Wyter chunnt er nid.

«Heit dir Plöiderlistund?», mögget der Hess i ihres Büro yne. «Seit me däm wärche? Fertig jetze. I befihle Üebigsabbruch z Seebad. Dä Fall isch sofort yzstelle. Ke Tote, ke Lych u drum o ke Mörder wo me sötti sueche. Also Fahnder Flück: Fertig luschtig. Du haltisch di zu myre Verfüegig für anderi Ufträg. Verstande.»

«Verstande scho, Herr Poschtechef. Aber i dänke du bisch ufem Holzwäg.» Der Fahnder lächlet geng no.

«We öpper ufem lätze Wäg isch, de du.»

«Sälte. I bi sälte ufem lätze Wäg. Mängisch öppe, we du mi dert häre zitiersch. So wie jetze. Aber das Mal folgen ig dir nid. Cha u darf dir nid folge. I ha nämlech Informatione vom KTD. Z Seebad, bim Cholchosehuus, het der KTD e Hülse gfunde. U ydrückti Blueme u Strüüch, vorne im Garte.»

«Das heisst no nüüt. I wott e Lych gseh, damit du darfsch wyterfahre», underbricht der Hess der Fahnder.

Dä fahrt aber ruehig wyter: «We de mi lasch la usrede, wirden ig dir zwar no ke Lych chönne präsentiere, aber Gründ, warum i mit de Abklärige wirde wyterfahre.»

«Das wüsst i de. Was sölle das für Gründ sy?»

Der Fahnder no chli ruehiger: «We de mi nid geng würdisch underbräche, wüsstisch se scho. Also. Der KTD het es Projektyl gfunde u het d Hülse mit em

Gwehr vom Grunder vergliche. Der Schuss stammt zwyfelsfrei us dere Waffe. Ds Bluet ufem Wägli isch nid Ketschöp, sondern würklech Bluet. Rhesusfaktor A positiv, we dus no gnauer wosch wüsse. Bim Gartewägli hei si o Mönschehaar gfunde. Zuesätzlech hets Schmouchspure i der Mansarde. Churz: Es isch gschosse worde. Un es isch preicht worde. Mir müesse also jetze dervo usgah, dass irgendwo e Tote, oder z mindscht e Verletzte mues ume sy. U mir müesse o dervo usgah, dass öpper, oder dass mehreri, di Person hei la verschwinde. Das chönnti im Zämehang stah mit em verschwundene Ueli Meier, alias Nazar Petrovic.» Der Fahnder steit stolz vore Hess.

Dä schynt öppis z dänke u fragt du nache, wiso uf ds Mal e Ueli Meier i ds Spiel chömi. D Svenja erklärt ihm ufem Mind Map d Sachlag. Drufache dräit sech der Poschtechef um u louft, ohni es Wort z säge, zum Büro us.

Die drü Fahnder lache. Nid lut. Aber mit voller Gnuegtueig.

Bevor der Fahnder zum Büro us geit, bespricht er mit der Svenja no di wytere Abklärige, wo si sötti mache u luegt nächär mit em Sepp ds Konzept vom PoTaBla a. Dä närvt sech ab dere Wortkombination. Aber nid nume ab däm: «Wiso mues ig dä Seich eigetlech mache? Du bisch ja der Delegiert. Nid i. Un i kenne ja di Organisatione nid guet u du bisch ja a der Sitzig gsy un i gah ja morn i d Ferie u ...»

«... überhoupt u sowiso!», laferet ihm der Fahnder dry.

Eigetlech versteit er der Sepp. Der Hess het di Ufgab ache a Fahnder chönne gä. Un är, der Fahnder, git se jetze ache a Sepp. Den Letzen beissen die Hunde.

«Lue Sepp. Nimms eifach als letschte Chraftakt vor dyne Ferie aa. Dänk dra, dass es ab morn im Sepp Grau sym Umfäld nid es Millimeterli meh wird Platz ha, für so öppis Läschtigs wie d Tschuggerei. Ab morn gits bi dir nume no Ferie. Aber bis denn muesch das Kontzept no erstelle. U de ab a d Wermi!» Mit dene Wort probiert der Fahnder der Sepp ufzstelle.

U richtig: «Eigetlech hesch rächt. U wen ig mirs gnau überlege, chönntis ja sy, dass i mi mit de beide Itschs z Seebad sötti beschäftige. Da isch mer de ds Blauliecht doch no lieber.» D Svenja, wo o mit eim Ohr zueglost het, hätti no fasch gseit, dass es sech z Seebad eigetlech nume um ei Itsch handli. Ds Andere sygi e Ska. U we mes de no gnauer würdi näh, wärs überhoupt nüüt settigs, sondern ganz eifach zwöimal Meier. Si het aber dänkt, si wölli vor de Ferie nid no ga zünde – u het drum gschwige.

Der Fahnder u der Sepp hei der Inhalt vom Konzept besproche, hei di letschte Unklarheite bereiniget u du isch der Fahnder Flück, guet glunet, übere i ds Büro vo der Polizeipsychologin.

D Begrüessig isch wider härzlech gsy. Der Fahnder het sech i ihrne vier Bürowänd wohl gfüehlt. Wiso, het er eigetlech nid gwüsst. Aber vermuetet. Är mag se, di Bea Jäggi. Är mag se sogar sehr guet. Un er het ds Gfüehl, dass das nid öppis Eisytigs isch. Drum isch er natürlech sehr erfröit, wo si ihm uf sy Frag, öb si zäme chönnte es Täterprofil erstelle, seit, dass sygi nid so eifach – vo hie us. Am Liebschte würdi si uf Seebad ga luege, für sech dert sälber es Bild vo der Umgäbig u vo de Lüt z mache. De würdis ihre ringer gah. Är het mit ihre grad abgmacht, dass si scho dä Namittag dert häre wölle ga luege. E fröidegi Ussicht, dünkts ne!

Bim Mittagässe brichtet ds Roseli em Fahnder vo däm, wo der Vatter schynbar z Murte no gseit heig, denn, won är mit em Nika ufem Spielplatz am Spile sygi gsy. Der Vatter wölli Vorbereitige zum Stärbe träffe.

«Muesch nid Angscht ha, Franz», meint ds Roseli, wos gseht, dass der Fahnder bleiche wird. «Es geit nid drum, dass er sech unwohl füehlt, oder meint, är müessi nächschtens stärbe. Es geit ihm um d Patiänteverfüegig. Also um ds Schrybe, wo drinne steit, was du als sy Sohn müesstisch entscheide, wes drum gieng, ärztlechi Hilf no wyter i Aaspruch z näh oder äbe nid. Un es geit ihm älwä o drum, dass er mit dir wetti bespräche, was du söttisch undernäh, wen er würdi stärbe. Öppis ganz Normals also.»

Ds Roseli cha scho säge. Si wärchet syt Jahre bi der Spitex u het drum öppe einisch mit so Situatione z tüe. Aber är ...?

Öppis ganz Normals, het si gseit! Der Fahnder süfzget. Nid nume innerlech. Säge tuet er nüüt.

Drum dopplet ds Roseli nache: «Ds Stärbe ghört zum Läbe, wie ds Geborewärde, Franz. U Vorsorg träffe hilft nid unbedingt em Verstorbene, sondern vor allem de Hinderblybene. We de also öppis wosch mache, damit dass es dir nachem Tod vo dym Vatter eifacher geit, de muesch drahi. Lang nid alli alte Lüt sy bereit, über das Thema z rede. Aber dy Vatter isch ja scho geng e rächt ufgschlossene Maa gsy.»

«I wil mers überlege», brummlet der Fahnder.

«I dänke, mit überlege chunnsch niene häre. I würdi handle. Du hesch ja hinech spät no Tällspielprob. Gang doch vorhär bim Vatter verby. Das längt guet. U übrigens: Hinech wäri de zum Znacht nid da. D Barbara mues unverhoft zum Dokter u het nume e Termin für hinech übercho. Drum gahn i ga der Nika hüete. Isch das guet?»

«Neeeeiii!!», hätti der Fahnder am Liebschte pägget. «Nüt isch guet! I gspüre der Früehlig! I wetti hinech am Liebschte mit dir zäme i ne Egge lige, di hämpfele u ärvele. U nid zu mym Vatter ga übere Tod brichte u ga Rösselmann spile. U scho gar nid ds Znacht sälber choche.»

Vo all däm seit er aber wider nüüt. Är nickt nume, stosst di letschti Gable Mittagässe i ds Muul u verzellt du vo sym Fall. Vo däm kuurlige Fall, wo ke Lych het, ke Mörder, aber chönnti e Mord zum Hindergrund ha. Vo de Bewohner vo der Cholchose u vo dene ihrne Eigenarte. O vo de beide skurrile Nachbure, dene schrege Schouspiler, brichtet er.

Uf ds Mal seit ds Roseli: «Gspässig! Magsch di erinnere a das Ringbuech, wo im Zug öpper het la lige u du drinne gwunderet hesch? I ha denn zwar nume mit eim Ohr zueglost, wils mi gnärvt het, dass du dy Nase i Privatsache stecksch. Aber i erinnere mi, dass dert drinne isch gstande, dass di Lüt dert eifach z beobachte syge. U o eifach z dürschoue. U das öpper dert wott befäle, wo gar nid ds Rächt het derzue.

Vilecht wüssti d Barbara oder der Vatter no meh. U du hesch ja o no meh drinn ume gstöberet. Vilecht chunnt dir no ds Einte oder Andere i Sinn. – Scho no eigenartig. – Das cha doch eigetlech nüüt mitenand z tüe ha. U glych tönts ähnlech. – Schreg!»

Der Fahnder faat afa grüble. So lätz, wies am Aafang tönt het, chas nid sy. Ihm chunnt ds Einte oder Andere, won er für sich us däm Theaterstück gläse het, o wider i Sinn. Es chunnt ihm nume bruchstückhaft us der Erinnerig zrugg. Aber glych so, dass o är mues i Erwägig zieh, dass das Dräibuech mit sym Fall irgend e Zämehang chönnti ha.

Im Büro erklärt der Fahnder der Svenja, was es mit däm Dräibuech für ne Bewandnis chönnti ha u git ihre du der Uftrag, das Buech bim Fundbüro vo der SBB la z cho.

Aaschliessend fahrt er, zäme mit der Bea, gäge Seebad.

Das Mal hocket är am Stüür. Är wott doch dere Frou zeige, dass er ds Outofahre beherrscht. Es isch scho fasch e Blueschtfahrt worde.

Bevor si vo obe gäge das Dörfli ache fare, tüe si beidi no e Ougeblick ds Outofänschter uf, lö der warm Früehligsluft yne u luege ufe türkisfarbig, lüchtend See ache.

«Mir wohne scho amene wunderschöne Ort», stellt d Bea fescht.

«Wir arbeiten da, wo andere Ferien machen», zitiert der Fahnder e bekannte Slogan.

«Glychwohl e brueflechi Frag: Wie hesch du dir der hüttig Namittag vorgsgtellt? Hesch du es Konzept, wie mer wei vorgah oder wosch du mer eifach afe einisch d Situation zeige?»

Der Fahnder het sech das o scho überleit: «I wetti mit dir als Allererschts zu der Kira. Mi nimmt wunder, wie si so isch. Bis jetze han i se als Paradiesvogel glehrt kenne. Öpper won i enorm schwär cha yschetze. Drum wett ig mir mys Bild vo ihre verbessere. De interessiert mi d Wonig vom Nazar. Beschluss han i zwar kene, dänke aber, dass d Kira Kovalska nid wird blocke. Si schynt ja interessiert z sy a der Uflösig vo däm Fall, wil ihre Brueder, der Nazar, chönnti dry verwicklet sy. Wen er nid sogar ds Opfer isch.»

«Guet. De tuen i chli luege u beobachte.»

Der Fahnder dänkt wider, dass di Bea scho ne härzige Chäfer isch. U zwar nid nume üsserlech. O vo ihrer Art här gfallt si ihm. Obwohl si fasch um Jahrzähnte jünger isch als är, fasziniert si ihn. U schliesslech sy Altersunderschide hüttigstags ja kes Problem meh.

Wil er ihre so vertrout, getrout er se o wägem Vatter z frage. Är möchti vo ihre wüsse, wien ers söll aagattige mit dere Patiänteverfüegig, ja, mit em ganze Umgang mit em Stärbe. Är u sy Vatter syge ja nid grad ein Herz und eine Seele.

Si seit churz u bündig: «Sachlech u müglechscht ohni Emotione. Ds Stärbe ghört zum Läbe, wie ds Geborewärde.»

Der Fahnder erchlüpft innerlech, wil d Bea genau di glyche Wort brucht, wie ds Roseli. Är seit aber nüüt, wil er d Gedanke a sy Frou im Momänt müglechscht wott usblände.

D Bea git ihm du no es paar Tipps. Churz drufache fahre si nidsi u parkiere näbem Huus vo der Kira.

Der Fahnder luegt di beide Lüti aa: Kira Kovalska, Nazar Petrovic. Wie chöme die äch derzue, so Psöidonym z bruche u vor allem: Was macht d Poscht mit dene eigetlech lätz aagschribne Briefchäschte. Är beschliesst, mit dere Frag d Kira afe einsich z konfrontiere.

Är drückt ufe Lütichnopf.

Fasch wie we si di beide Polizischte erwartet hätti, tuet si uf: «Grüessech mitenand. Chömet yne. Wüsst dir scho meh übere Nazar?»

Wo der Fahnder verneint, gheit si zäme, wie nes Hüffeli Eländ. Si treit schwarz. Geng no mit Hut u Haar.

Der Fahnder stellt d Bea vor, seit, dass si Polizeipsychologin sygi u sech wölli cho nes Bild mache, für de eventuell es Täterprofil chönne z erstelle. Är merkt, dass sech d Bea, der Kira gägenüber, rächt distanziert u kritisch git.

«Wie chömet dir derzue, öier Briefchäschte mit öiem Künschtlername z beschrifte? U was seit de d Poscht derzue?»

«D Poscht isch kes Problem. Es Hundertenötli a Briefterger u de weis dä künftig, dass Schouspiler halt schouspilere u mängisch Kovalska heisse, statt Meier. Bis jetze het das a allne Orte, wo mir gwohnt hei, rybigslos klappet.»

«Warum aber de überhoupt so ne Verstellig?»

«Ischs Bruefchrankheit oder Spielerei? Wär weis? Üs gfallts eifach. – Oder mues i säge: Üs hets eifach gfalle?» Si nimmt e Naselumpe füre u putzt sech e Trääne ab. «Schrecklech!», seit si no. «U a allem sy die da äne dschuld!»

«Wie meinet dir das?» Das Mal bohret d Bea.

«Wien igs säge.»

«Heit dir de Gründ? Oder sogar Bewyse?»

«Es schweigt das Herz in Seeligkeit ...» D Kira het di sächs Wörter vo däm Zitat vo Wort zu Wort je lenger je langsamer gredt u o je lenger je lisliger. Bim Wort Seeligkeit isch si so lislig gsy, dass me se chuum meh verstande het. Derzue passt het ihre Gränniton.

Der Fahnder het beschlosse, se no chli la z sy. Är het öppis Anders im Sinn u isch gspannt: «Hättet dir mir der Schlüssel für i d Wohnig vo öiem Brueder? I ha zwar ke Husdurchsuechigsbefähl, dänke aber, dass das für öich kes Problem sötti sy, oder?»

Wortlos geit d Kira zu der Tür, nimmt e Schlüssel abem Schlüsselbrätt u leit dä ohni Kommentar em Fahnder i d Hand. D Bea luegt si nid aa. Si tuet d Türe uf u lat di zwee Polizischte use.

D Wohnig vom Nazar isch karg ygrichtet.

D Bea meint: «E Flüchter!» U erklärt du o grad, was si dermit meint. «We di umluegsch, het er hie inne praktisch nüüt, wo blybend isch. Mit Usnahm vo de Bilder. Mängs gseht us wie ypackt – oder no nid uspackt. Hie inne wohnt e Maa, wo wohl gwanet isch, zu sich sälber z luege, wo aber ganz sicher o c Einzelgänger isch.»

«Das cha aber so nid stimme», meint der Fahnder. «D Nachbare verzelle ja, dass die Zwöi ständig

Bsuech heige gha. Dass si geng wider ufem Sitzplatz usse Fescht gfyret heige. Also sicher ke Einzelgänger!»

«Ds Einte schliesst ds Andere aber äbe nid us. Wie mänge Partylöi isch eigetlech total einsam? Wie mänge undernähmigsluschtig Maa isch eigetlech e totale Einzelgänger? Dä hie isch eine. Da möcht ig vil druf wette», meint d Bea resolut.

Der Fahnder luegt d Wohnig no enisch aa u chunnt o zum Schluss, dass da öpper no nid ganz yzüglet isch oder scho gly wider wägzüglet. D Bilder, wo a der Wand hange, passe zu de wenige farbige IKEA-Möbel, wo im Wohnzimmer desume stöh.

Si gfalle ihm nid. Mit moderner Kunscht chan er nüüt aafa.

Wo d Bea vor so mene Helge steit, meint er: «Ds Wort Kunst chunnt vom Können. Wes vom Wollen chiem, müesstis ja Wunst heisse. Un i ha der Ydruck, dass di Wärch hie – we me dene ömel so cha säge – ehnder Wunscht sy. Nid Kunscht.»

«Banause», lachet d Bea härzhaft. «Das isch Kunscht. U de no tüüri. Ömel im Original.»

Em Fahnder wirds wider warm um ds Härz, wen er di jungi Frou da vor däm Bild gseht stah u se ghört lache. Är betrachtet se. E tolli Figur. Rächt äng aaligendi Chleider, wo nüüt verberge. Haar zum drinne desumewuschle u nes Gsicht, wie ne Früehligstag.

«Aber mir sy ja eigetlech hie obe, für d Lüt z betrachte u nid nes über Kunscht uszla», underbricht d Bea syner Tröim.

Är nimmt se obe y u füehrt se füre a ds Fänschter. Di Berüehrig tuet ihm guet. Är gspürt, dass er meh möcht. Är gspürt, dass er meh als nume Wort mit der Bea möchti ustusche.

U si schynt nüüt dergäge z ha. Ömel wo si a ds Fänschter chöme un er während em Erkläre der Arm no geng uf ihrer Schultere lat, wyst si ne nid ab. Das macht ihm Muet zu meh!

«Da unde isch jetze also das Cholchosehuus?»

«Ja. U da vorne, links, isch der Totnig gläge.»

«Da unde isch dä Bluetfläck. U nes Projektyl u ne Hülse isch gfunde worde. U ytrückts Grüenzüüg. Du gsehsch, i ha mi genau i dä Fall ygläse.» D Bea seits stolz u dräit ihm ihres Gsicht zue. Es lieblechs Gsicht, wie der Fahnder feschtstellt. Si luegt ne geng no aa, wie we si druf würdi warte, dass er öppis seit.

Är gseht aber nume ihrer Ouge. Ihrer Lippe. Gspürt ihres Lache. U du dräit er se mit der andere Hand zu sich, so dass si sech gägenüber stöh.

Won er sy Chopf necher wott bringe, meint d Bea: «Kennsch der Underschid zwüschem Möge un em Gärn ha, Franz?»

«Nid psycholögele, jetze», wehrt er ab u leit ihre beidi Händ uf d Taille.

«Kennsch der Underschid zwüschem Möge un em Gärn ha?» D Bea lächlet geng no. Der Fahnder isch irritiert ab dere Hartnäckigkeit. Är hätti erwartet, dass si sech chli a ihn drückt. Ihm chli necher chunnt. Drum seit er mutz: «Ja.»

«Nei», chunnts äbe so mutz zrugg.

Der Fahnder isch no irritierter. Lat se chli los u luegt se vo chli wyter wäg aa. Härzchäfer, dänkt er u probiert se no grad einisch a sech häre z zieh.

«Möge isch das, wo mir bis jetze zunenand gha hei.

U das het mir gfalle. Wil i di mag. Möge cha me o elei. O we ds Andere das nid glych gseht. Gärn ha wäri das, wo jetze chiem. Gärn ha cha me nid elei. Da bruchts Zwöi. Zwöi, wie mir jetze grad. Gärn ha cha me nume mitenand. Nid jedes für sich elei. U gärn han i my Fründ. Scho syt Jahre. U gärn hesch du dy Frou. Scho syt Jahrzähnte. U we mir üs jetze hie fö aafa gärn ha, de hätti jedes vo üs zwöi, wos gärn het. Das geit nid. Ömel uf d Duur nid. U wil i e Mönsch bi, wo Duurhaftigkeit brucht, miech das, wo du jetze mit mir gärn wettisch mache, ke Sinn. Un i bi sicher, dass o du e Duurhaftigkeitsmönsch bisch. Also würdi das o bi dir uf d Lengi nid funktioniere. Bisch yverstande, we mir üs wyternin möge?»

Es isch nid öppe so gsy, dass sech d Bea während dene Wort langsam vo ihm wäg bewegt hätti. Nei. Si stöh enand geng no gägenüber. Der Franz mit de Händ a ihrne Hüft. U si luege enand geng no aa.

Wo d Bea nümme seit, nimmt der Fahnder d Händ ganz langsam wäg. D Bea luegt ihm geng no i d Ouge. Un är o i ihri.

Ganz, ganz langsam löst er sech vo ihre. Chunnt us der Nechi use. U lat du o d Ouge vo dere Frou, won er doch so begährt hätti. Dräit sech um u luegt gäge See use.

D Bea macht ds Gylche. Si stöh lang dert. Säge tüe si nüüt.

Em Fahnder wird bewusst, i was für ne Situation dass er sech fasch bracht hätti. I was für ne Situation dass er d Bea fasch bracht hätti.

«Stimmt dä vom möge für di?» D Bea luegt ne nid aa.

«Ja», ghört sech der Fahnder säge. Vil schnäller, als dass er das eigetlech hätti wölle.

«Guet. I mag di nämlech. U zwar sehr. Wil du für mi e wunderbar ruehige, grundehrleche u sänkrächte Polizischt bisch. U wil i jetze grad gmerkt ha, dass du i so Situatione wie vori, ds Hirni ygschalte bhaltisch – was übrigens vil Mönsche, Froue u Manne, nümme chönnte! – bisch bi mir no grad es paar Seigle gstyge i der Achtig. Drum fröien ig mi, dass mir üs wyterhin chöi möge. U das mir üser Liebschte wyterhin chöi gärn ha. Ohni e Schatte müesse mit üs ume z trage.»

Si luege wider use.

Der Fahnder nimmt wahr, wie sech der Chopf vo der Bea langsam sänkt. Si luegt a ds Huus übere. «Da unde isch dä Bluetfläck. U nes Projektyl u ne Hülse isch gfunde worde. U ytrückts Grüenzüüg. Du gsehsch, i ha mi genau i dä Fall ygläse.» D Bea nimmt der Fade wider genau dert uf, won er für ne churzi Zyt es Ghürscht het übercho gha.

Der Franz Flück isch nid enttüscht. Im Gägeteil. Är isch erliechteret. Ja, är isch sogar froh, dass ne sy Arbeitskollegin vor em gröschte Fähler bewahrt het, won er syt Jahrzähnte im Begriff isch gsy z mache.

Won o är wider der Fade wott i d Hand näh, chunnt d Frou Hintermeier ume Husegge um. Der Fahnder mues nüüt säge. Ihres Bürzi u der läng Rock verrate der Bea sofort, um wän das es sech da handlet.

Die beide Polizischte luege gspannt, was si macht. Si schynt chli i Gedanke versunke. Dä Ydruck chunnt uf, wil si bi de Gartewägli es paar Soubluemestüdeli abzupft, de zu de Chüngelställ hindere schlärpelet u dert ds Gras de Chüngle zwüsche de Gitter yne git.

Jetze chunnt no der Karlen hinder em Huus füre u blybt bim Stall stah. Är redt mit der Frou Hintermeier. Fründlech. Der Fahnder u d Bea verstöh zwar nid was.

D Polizeipsychologin bestätiget aber der Ydruck, wo der Fahnder het: «Die Zwöi kenne enand scho lang u kenne sech guet. Si heis irgendwie guet zäme.»

U wo si du gseh, dass d Frou Hintermeier geng wider übere zu ihrem Wohnigsfänschter luegt, merkt me, dass sis nid gärn hätti, we ihre Maa würdi gseh, wie guet dass si mit em Karlen uschunnt.

D Bea u der Franz stöh no lang i dere Wohnig u beobachte. Ussert em Hintermeier überchöme si uf dä Wäg fasch alli z Gsicht u d Bea cha sech langsam es Bild mache. Drum bruche si du o nümme zum Cholchosehuus füre z gah.

Bevor si sech ufe Heiwäg mache, meint d Bea: «Es isch natürlech scho schwirig, so vo wytem z beurteile. Dienlech wäre Gspräch mit dene Lüt. Vilecht ergit sech ja de i nächschter Zyt e Glägeheit derzue. Was i jetze aber no gärn wetti, wäri es paar Wort mit der Frou Kovalska chönne z rede. Vo ihrem Bruef här isch si e Mönsch, wo gwanet isch z spile. Un i bi sicher, dass si o mit üs spilt. D Frag isch nume, weles Spiel, u was mir i däm inne für ne Rolle sölle übernäh. U äbe o, öb mir die überhoupt wei übernäh oder öb mer se scho überno hei.»

Em Fahnder chunnt mit dene Wort das i Sinn, wo sy Vatter ihm gseit het: «Du muesch Regie füehre, niemer Anders!» U du wird ihm mängs klar. Är gseht langsam, was da genau ablouft. Un er stuunet. Luegt d Wohnig vom Nazar no einisch churz aa – gseht dert öppis lige – u du weis er ändgültig, was er z tüe het.

Zu der Bea seit er nüüt. Syner Gedanke sy ja nume afe Fragmänt. No nüüt Zämehängends.

Si göh wider ache zu der Kira.

Wo si uftuet, weis er äntleche, wohäre dass er se mues tue. A wän dass si ihn erinneret.

Vor Jahrzähnte het d Ämmitaler Liebhaberbühni em Dürrenmatt sys Stück «Besuch der Alten Dame» ufgfüehrt. Mit em Ruedi Stalder als Ill u mit ere Schouspilere – er weis nümme, wie si gheisse het – als Claire Zachanassian. Genau. D Kira erinneret ne a di Claire Zachanassian.

Aber jetze mues er mit de Gedanke wider zrugg zu der Kira Kovalska: «Frou Kovalska, nume e churzi Information: Mir hei nes entschide, d Ermittlige i däm Fall abzbräche. D Bewohner wärde morn em Zwöi im Landhotel informiert. Es wäri guet, we dir o chönntet derby sy. Tragisch isch ds Verschwinde vo öiem Brueder. Da wärde mer sicher wyterhin dranne blybe. Aber mit däm Schuss, wo da im Cholchosehuus abggä isch worde, het sys Verschwinde nüüt z tüe.» Är lächlet uf de Stockzähn. Nid nume d Kira luegt ihn komisch aa, sondern o d Bea. Är cha beid Froue verstah.

D Kira rüeft: «I ha gwüsst, dass i mi uf d Bärner Polizei nid cha verla. Dir syt nid im Stand, dä grässlech Mord, wo da äne passiert isch, ufzkläre. Dir syt nid im Stand, eine vo dene da äne z verhafte u ihm z bewyse, dass er my Brueder umbracht het. Dir chöit nüüt. Versä …!» Während dene Aaschuldigunge isch si ufe Fahnder u uf d Bea los u het se buechstäblech zu der Wohnig us gheit. Drum isch ds letschte Wort im Chlapf vo der zuepängglete Tür underggange.

Wo si zum Outo zrugg loufe, fragt d Bea chli hässig: «Was het jetze das sölle? Bisch geng no gfruschtet wäge mir, dass dere Frou so gfüehllos der Abbruch vo de Ermittlige hesch a Gring pängglet?»

«Nenei. Mir geits guet! Mir geits sogar sehr guet! Meh wott i dir no nid verrate, wil mer d Bewyse fähle. Aber es tuet sech öppis i däm Fall. Darfsch mer vertroue.» Är lächlet se aa, bis dass si o zrugg lachet u seit: «Matscho!»

Si beschliesse du, i ds Büro zrugg z fahre.

Wo si im Outo hocke, leit d Bea em Fahnder ihri Hand uf syni, wo ufem Stüürrad ligt, u seit fasch chli schüch: «Danke!»

Der Fahnder isch grüehrt. Är gspürt, dass er nid öppis verlore, sondern öppis gwunne het. U zwar e liebenswärti Mitarbeiterin.

«I ha z danke!», seit er drum. U zwar so, dass d Bea weis, was er dermit meint.

Won er i ds Büro chunnt, leit ihm der Sepp ds Konzept ufe Tisch.

Är bletterets churz düre. Dä chönnti scho, wen er wetti– u we me ihm Zyt gieb. Äs fählt ihm aber a Beidem chli. «Danke vil Mal, Sepp. Sehr guet gmacht – ömel was i uf di Schnälli gseh ha. U jetze wünschen ig dir schöni u erholsami Ferie. Gniess es u chumm mer ganz wider zrugg.»

Em Sepp gseht me aa, dass er Fröid het a dene Wort. Der Fahnder überleit sech, öb er äch nid zwenig so Komplimänt machi. Öb er sech dert nid vilecht no chli chönnti verbessere. Aber äbe. Chuum isch dä Gedanke aadänkt, chunnt scho d Svenja mit ihrne Abklärige zu ihm. Syner Frage verschwinde äbe so schnäll, wie si uftoucht sy.

«Verlier nie öppis imene Zuug!», polteret d Frou los. «Besser gseit, probier nie öppis wider z übercho, wo de verlore hesch.»

«So kompliziert?»

«Komplizierter! I ha z ersch a Bahnhof übere aaglüte.» Si zeigt zum Fänschter us, zum Oschtbahnhof übere. «Die hei mi verwise a d SBB Fundsachezentrale z Bärn. Si hei mi du dert ufklärt, wie der Wäg vomene Fundgägestand geit. We du also im Zug – zum Bispiel i däm mit Ändbahnhof Basel – öppis lasch la lige, merke das d Zugbegleiter während der Fahrt oder de spätischtens z Basel. Der Zugbegleiter bringt dä Gägestand dert i ds Fundbüro. Dert blybt er ei bis zwee Tag lige. Über ds Wuchenändi sogar no lenger. Nächär wird er i d Fundsachezentrale uf Bärn verschobe. We du e Gägestand wosch zrugg übercho, gits drei Müglechkeite. We de vermuetisch, dass der Gägestand no underwägs isch, chasch i d Fundsachezentrale telefoniere. De luege si sofort. Choschte tuets füfzg Stutz. Chasch de aber o a Schalter ga frage. De choschtets nume füfzäh. We de über ds Internet e Suechuftrag ygisch, de choschtets nüüt. We ds Gsuechte isch gfunde worde, zahlsch no einisch. Mit GA e Füflyber, mit Halbtax zäh Stei u ohni öppis Zwänzg.»

«U wo hesch jetze ds Dräibuech?», fragt de Fahnder ungeduldig. Är chönnti nämlech uf di detaillierti Erklärig vo der Svenja verzichte. Wen er nume äntleche das Dräibuech hätti.

«Wart doch! Es wird nid eifacher. Also. I ha du gschilderet, was i sueche. Schynbar isch dä Gägestand no nid z Bärn gsy. Drum het me mi vertröschtet. Me wölli z Basel aalüte u mir de Bscheid gä. Dä Bscheid isch du cho: Weder z Bärn no z Basel heigs es Dräibuech.»

«Das cha doch nid sy! Ds Roseli het doch …»

«Du bisch jetze e Ungeduldige!», underbricht ne d Svenja. «I ha natürlech nid lugg gla u wyter boret. Ha abghänkt u churz drufache wider aaglüte. U zwar wil i ha dänkt, dass i dere Zentrale sicher nid nume ei Person wärchet. U we da Mehreri sy, wäri d Müglechkeit da, dass öpper Anders ds Telefon abnimmt. U so isch es gsy. E anderi Frou het mer Bscheid ggä. I ha ihre du gseit, dass i wüssi, dass das Dräibuech weder z Basel no z Bärn sygi. Wüssi aber, dass es im Zug em Zugbegleiter sygi abggä worde. Di nätti Frou het du churz gsuecht u mer sofort chönne säge, dass das Dräibuech no am glyche Tag z Basel sygi abgholt worde. Wär dass es greicht heig, dörf si nid säge. Da müesste me scho offiziell wärde. I wüssi ja: Dateschutz.»

«Täterschutz – mängisch», mofflet der Fahnder.

«I bi du zum Hess ueche, wil i ha wölle, dass er es offiziells Gsuech schrybt. Dä het mi aber abputzt. Är heigi ganz u gar ke Luscht, em Fahnder syner private Bahnusflüg z understütze. We däm am Dräibuech öppis ligi, söll er halt sälber uf Bärn ga abkläre. I ha du no probiert ihm z zeige, was du vermuetisch. Das het aber ds Gägeteil bewürkt. Är het wider aafa drohe mit Fall entzieh u het Hirngschpinscht u Überhebleckkeit gältend gmacht.» D Svenja isch nidergschlage da gstande u der Fahnder het gwüss Bedure gha mit ere.

«Danke vil Mal für dyner tolle Abklärige. Es isch nid so schlimm, dass dus nid hesch zrugg übercho. I ha ja das Buech gseh. U die wo derby si gsy, wüsse, was i drus usegläse ha. I luege jetze emal alli zäme z frage u de probieren ig, chli öppis z kombiniere.»

Won er zu sym Büro geit, ghört er der Hess hinde nacheloufe. Dä schynt scho i sym Elemänt z sy: «Dä chasch also grad vergässe», faat er aa.

«Macheni», git der Fahnder poschtwändend zrugg.

«Vo mir überchunnsch sicher nüüt.»

«I bruche o nüüt.»

«Wiso isch de d Svenja cho frage für …»

«Wil si der Uftrag vo mir het gha.»

«Aber du bruchsch doch das Buech dringend, oder?»

«I hättis brucht. I hättis brucht, verschteisch. Aber jetze löse mer dä Fall o ohni dyni Hilf.» Dermit geit der Fahnder i ds Büro yne u schletzt em Hess d Tür vor der Nase zue – u überleit einisch meh, öb er äch nid z hert greagiert het. Schliesslech isch der Hess geng no sy Vorgsetzt. Eigetlech. U me sötti ja nie i die Hand bysse, wo eim fueteret.

Won er gseht, was sech alls uf sym Bürotisch aagsammlet het, schüttlet er der Chopf u geit ache i Coop ga nes Sändwitsch u öppis z Trinke choufe. Hei ga choche wott er nid. U de het er ja no zwee Termine vor sech. Beid nid ganz Eifachi!

Während em Ässe probiert er sech im Internet über

Patiänteverfüegige schlau z mache. U de list er Zwo vo dene düre. Fürchterlech, was me da alls sötti usfülle. Är fragt sech, wie wyt sech sy Vatter äch scho vorbereitet het. Mit dene Gedanke chöme o d Gedanke über ds Läbe. U o über ds Stärbe. Är wird melancholisch u wott der Gedanke, dass o är einisch wird stärbe, verdränge. Das glingt ihm aber überhoupt nid. Ersch won er der nöi Text, won er hinech im Tällspiel ds erschte Mal richtig mues vorfüehre, lut reziert, chan er sech vo dene fyschtere Gedanke löse.

Der Vatter empfat ne im Ufenthaltsruum vom Altersheim. Das passt em Fahnder nid ganz, wils ihn düecht, di Sach, wo si zäme wölle bespräche, ghöri nid hie häre.

Em Vatter schynt das aber ke Rolle z spile. Dä het – stellt der Fahnder erstuunt fescht – ufem Tisch scho e Verfüegig parat gmacht u het se o scho bereits usgfüllt.

«Chasch mers einisch düreläse u mer säge, was de derzue meinsch? U de wärs natürlech de o no wichtig, dass du verschteisch, was i dermit wott ussäge.»

Was sy de das o für Tön? Är, der Fahnder Flück, wird wohl geischtig no fit gnue sy, für z verstah, was sy doch scho rächt alt Vatter da gschribe het. Säge tuet er aber nüüt. Är list.

Won er düre isch, mues er sech d Nase putze. Ihn het das berüehrt, wo sy Vatter da notiert het. Nid der Inhalt, eigetlech. D Gedanke, wo derhinder stöh, hei ne ghudlet. Da het e alte Maa sehr gnaui Vorstellige, was söll gscheh, wen är einisch nümme über sich sälber sötti chönne entscheide. Sy Vatter het greglet,

132

was eigetlech ganz normal isch: Ds Ändi vo sym Läbe.

«Chunnsch drus?», fragt dä Maa keck.

Der Fahnder dänkt dra, wie sy Vatter vor vier Jahr isch gsy. I sich zäme gheit. Desinteressiert u passiv. U jetze ufgstellt u interessiert. Der Fahnder findets guet, dass er wider aktiv am Läbe teilnimmt. Grundsätzlech. Nume äbe: D Distanz won er syt de Jugendjahr zu sym stränge, unnachgibige u meischtens vil z herte Vatter het gha, isch blibe.

«Ja, du hesch das sehr guet gmacht. Ömel was ig cha beurteile. Da dranne bruchsch nümme z schrüble.»

«I has scho dänkt. Drum han i dir hie scho e Kopie gmacht. U die hie», dermit zeigt er ufenes anders Bigeli, «die hie bringen i de morn der Barbara. Di mues das o wüsse. De wäri also alls klar. U du? Respektive u dir? Heit dir o scho e Patiänteverfüegig gmacht?»

«Nei, mir hei ... Mir sy ... Es isch drum ...», stotteret der Fahnder.

«Wosch no nüüt wüsse vom Stärbe, gäll? Derby isch das ds Logischte vor Wält. Du chunnsch u du geisch. U du hesch e Verantwortig, dym Chind gägenüber. I ha das o lang nid begriffe. Bis mer du e Frou vo hie d Ouge ufta het u mir eifach ufzellt het, was di Hinderblibene alls müesse mache, wen i schwär chrank wäri, oder wen i gstorbe bi. U wo si du het gseit, was me alls vorhär chönnti regle, we me würd, isch du für mi klar gsy, dass i müglechscht vil wott feschtlege, damit nächär nid dir müesst. Also: gang drahi. Es lohnt sech – u für öich isch es jetze o Zyt. Dir heit zwar no es paar Jährli vor nech. Aber

wär weis, wär weis, chunnt der Schnitter u de schhh
...» Är lächlet es Lächle, wo der Fahnder a sym Vatter nume sehr sälte gseh het. Es schalkhafts Lächle, fasch. Das Lächle passt so gar nid i ds Bild, wo der Fahnder vo sym Vatter het.

«U wie chunnsch mit dym Psöidomord vorwärts? Het dir my Tip gnützt?»

«Es isch geng no es eländs Gchnorz. Aber I dänke, mir hei e müglechi Lösig.» Der Fahnder verzellt i churze Züüg, was syder ggange isch. U won er du druf z rede chunnt, dass ds Dräibuech mit däm Fall chönnti e Zämehang haa, verzellt der Vatter, ohni dass der Fahnder mues frage, was er vo dere Vorläsig, wo der Fahnder im Zug inne gha het, no weis.

Das wo der alt Maa verzellt, schrybt der Fahnder i sys schwarze Büechli.

Wo der Vatter mit verzelle fertig isch, fragt dä no: «Schrybsch du geng no i ds schwarze Büechli? Heit dir i öiem Verein no nüüt Intelligänters? I dänke zwar, dir hättet scho. Aber du seisch der sicher, dass du bis jetze mit däm Büechli guet gfahre sygsch u du bruchisch drum das nöie Züg nid. Gäll? Scho lätz! Du bisch z jung, für di nid mit däm müesse z befasse. I ha bi der Barbara so nes Tablet gseh. E tiptoppi Sach. U wen i chli jünger wäri, i würdi mer eis zuechetue. Für di wäri das e ideali Understützig. Chönntisch d Informatione diräkt ydöggele u de grad für ds Protokolliere bruche.»

Der Fahnder stuunet nume no. Sy Vatter weis, was es Tablet isch! Un är, der Fahnder Flück, het scho mängisch dänkt, dass er de das sicher nie wärdi bruche. Sys Büechli ...

«Muesch mit der Zyt gah. Süsch geit d Zyt mit dir!»

Der Fahnder dänkt a Sepp Grau mit sym Ufnahmegrät. Är nimmt dä Tipp mit u nimmt sech vor, einisch d Bea z frage, wie si d Technik brucht. Si isch ja no jung u het ihm dert sicher Informatione. D Svenja möcht er drum nid frage. Bi ihre gsiechs so us, wie we ihre Chef ke Ahnig hätti. U di Blössi wett er sech nid gä.

«Was wosch jetze als Nächschts tue?» Der Vatter isch interessiert.

«Jä ... Es isch ... I hätti ...»

«Tuesch wie früecher. Desumegniete. Chan ig der hälfe?»

«Ja, weisch, i wetti öppis überprüefe. Aber i wetti dirs nid säge. Sötti aber glych wüsse, öb i ufem Holzwäg bi oder nid.»

«Das trifft sech ja sehr guet.» Mit dere Ussag reckt er i Hosesack u leit es Pendel ufe Tisch. «Weisch, so wien ig mit der Patiänteverfüegig der Umgang mit mym Läbesänd ha vorbereitet, so möchti o mys Pendlerwüsse langsam übergä. I chönnti zwar d Barbara frage, dänke aber, dass du geeigneter wärsch für ds Pendle. D Barbara het no nid di nötegi Ärdig u Rueh. U si het o no nid eso es usgeprägts Yfüehligsvermöge wie du. I ha dir hie es Probierpendel zwäg gmacht. Es isch eis, wies dy Mueter geng brucht het. I sälber ha mit ihm nid so gueti Resultat gha, wie mit däm, wo du scho kennsch. Nimms, u üeb chli dermit. We de chli ds Zuetroue zuenem übercho hesch, de chumm wider zue mer. De luege mer de wyter. U de chan i dir de ds Wüsse vo dyre Mueter Stück für

Stück mitgäh. Es enorms wüsse, won i Lulatsch lang, vil z lang nid beachtet ha. Bis dass es fasch z spät isch gsy. Las also nid sowyt la cho.» Är luegt uf d Uhr: «Ou! I sötti ja scho lengschte gah. I ha no zum Jasse abgmacht. Es het mi gfröit, dass du mir bisch cho hälfe. Danke vil Mal.» Är steit uf, streckt em Fahnder d Hand häre, zieht ne a sech u leit ihm der Arm über d Schultere. E Berüehrig, wo der Fahnder o scho syt Jahrzähnte nümme gspürt het.

Chli verwirrt, chli nachdänklech, aber o erfröit, louft er zum Altersheim us. Sy Hand umfasst im rächte Hosesack ds Pendel. Är isch gspannt!

«Der Apfel ist gefallen!»

Das rüeft e Maa i blaue Jeans u imene orangsche Pulli. Em Stauffacher öppe so ähnlech, wie der DJ Bobo em Christoph Blocher.

Uf der andere Syte steit der Fahnder – als Pfarrer. O gwöhnlech aagleit.

«Der Knabe lebt!»

Es isch Tällspielprob. Äbe no nid uf der Naturbühni, sondern im nöie Ruum. Dert, wo der Fahnder vor es paar Tag di nöij Rolle übercho het.

E nöij Rolle bedütet aber nid nume e nöie Text, sondern o nöij Schouspilerkollege. Als Friesshardt het er mit ganz andere Lüt zäme gspilt, als hie bi der Öpfelschussszene.

Der Gessler isch o no nid hoch zu Ross, sondern steit lässig da u seit: «Er hat geschossen? Wie? Der Rasende!»

«Jöö!», rüeft d Regisseurin derzwüsche. E resoluti Frou. «Bisch vil z lieb. Dänk dra. Der Gessler isch e

Tyrann. Underdrückt d Lüt, won er cha. Zeigt allne sy Macht u isch unnachgibig. Der Rasende! Das mues töne wie ne Gwehrschuss. D Lüt uf der Bühni mues es hüehnerhute, we der Gessler, hoch zu Ross, von oben herab seit: Der Rasende! – Hopp! No einisch der Rösselmann u de der Gessler.»

So geit di Proberei wyter.

D Bertha fröit sech, dass der Bueb läbt u der Walter Täll bringt em Vatter der Öpfel – i Form vomene Ghüdderschufleebürschteli.

D Requisyte wärde de ersch füre gno, wes usse uf der Bühni los geit. Hie inne geits ume Text. Um ds Interpretiere, um d Sprach, um d Mymik u d Gestik. U die wird vo der Regisseurin u ihrne Hälfer geng wider korrigiert. Es wärde Tipps abggä oder äbe de o Aawysige. Es Spiel zwüschem sälber dörfe spile un em müesse das spile, wo verlangt wird. Mängisch e rächti Gratwanderig, wil im Tällspiel nume Laiespiler mitmache. Kener Profis. U da füehlt sech doch de der Eint oder Ander öppe einisch überforderet.

Oder de gits die wo meine si syge di geborene Schouspiler. Die wärde vo der Spielleitig mängisch rächt unsanft vo ihrem Podescht a Bode beförderet.

Der Fahnder isch dranne: «Der Schuss war gut, doch wehe dem, der ihn dazu getrieben, dass er Gott versuchte.»

«Tue ds Wort Gott betone. Bisch ja schliesslech e Pfarrer», empfihlt ihm d Regisseurin. U du: «No einisch!»

«Der Schuss war gut, doch wehe dem, der ihn dazu getrieben, dass er Gott versuchte.»

«Guet. Wyter.»

Jetze der Stauffacher zum Täll: «Kommt zu euch, Tell, steht auf. Ihr habt euch männlich gelöst und frei könnt ihr nach Hause gehen.»

Nachdäm der Pfarrer Rösselmann no seit: «Kommt, kommt und bringt der Mutter ihren Sohn», isch für e Fahnder sy Probeaabe verby.

Är geit aber no nid hei. Der hüttig Tag isch no nid verarbeitet. U für ds Verarbeite het er syt Jahre es speziells Plätzli: D Sitzbank näbe der Chilche. Nid näbe dere z Interlake oder z Unterseen, sondern näbe dere im Tällspielareal. E künschtleche Platz also. Aber eine won er Rueh findet. E Chraftort, wien er scho mängisch gmerkt het.

Dert hocket er häre u dänkt übere hüttig Tag nache. Übere Yfluss, wo ds Dräibuech i däm Fall chönnti ha. Über d Ystellig vom Hess i dere Sach. Über sy Beziehig zu der Bea u über sys idiotische Verhalte ihre gägenüber. Über ds Gspräch mit em Vatter, über ds Pendle, über ds Tällspiel u nid z Letscht o no über ds Roseli mit ihrne Problem.

Chli vil Dänkarbeit für ei Tag, stellt er fescht.

Irgendwie het aber nid nume ds Roseli i letschter Zyt Problem. O är chnorzet. O är weis mängisch nümme, was das alls söll. Am Morge geit er ga wärche, am Aabe verbringt er der Aabe deheime, z müed für no öppis Schlaus z mache. De geit er ga schlafe für am Morge wider ga z wärche ... Isch das alls, wo ds Läbe no bietet? U was chunnt de no uf ne zue? D Altersbräschte, d Längwyli, ds geng Glyche ... Neigt er äch chli zu Depressione? Oder isch das normal i däm Alter?

Är leit syner Ellböge uf d Chnöi u d Händ näme der

Chopf uf. E schwäre Chopf, düechts ne. E alte Chopf. Irgendwie gfüllt mit Zvil – u glych irgendwie erschreckend läär.

Är blybt no ne Momänt hocke u lost eifach. Nimmt di Tön i sech uf, wo da i däm Wald inne uf ihn würke. Zu meh isch er nümme fähig.

Won er hei chunnt, verzellt er alls em Roseli. Mit Usnahm vo de Details vo der Begägnig mit der Bea. Das verzellt er eso: «I bi mit ihre z Seebad gsy. Si wott sech es Bild mache, wo drus sötti es Täterprofil entstah. Mir hei dert lang Zyt gha zäme z brichte. Si gfallt mer. Als Psychologin, aber o als Frou. Si isch jung u voller Energie. Aber si weis o genau, was si wott. I schetze se u hoffe, dass si no lang bi üs blybt. Muesch aber ke Angscht ha. Ja, i mag se. Meh nid. Un i kenne der Underschid zwüsche möge u gärn ha. Dii Roseli, han i gärn. Vo ganzem Härze.» Dermit drückt er sy Frou a sech u beidi stöh e Momänt da u gniesse d Nechi. Der Fahnder dänkt a all di Jahr zrugg, wo sii Zwöi zäme verbracht hei. Är isch syre Frou unändlech dankbar derfür.

Jetze nimmt er ds Pendel usem Hosesack u zeigts em Roseli.

Das fragt: «Wosch hinech no probiere?»

Wo der Fahnder nickt, wott ds Roseli zum Zimmer us.

«Blyb doch hie», rüeft der Fahnder ihm nache.

«Für das bruchsch Rueh. U die wott i nid störe. Chunnsch zue mer cho verzelle, we de fertig bisch?» U scho steit der Fahnder elei im Zimmer.

Är sitzt ab, macht sech parat u fragt genau so, wies

ihm der Vatter grate het. Z ersch, bi welere Schwing-ig ds Pendel Ja meint. U du no, öb er hinech über-houpt dörf pendle. Är darf, seit ihm ds Pendel mit emene Ja. Är het sech vori bi der Chilche d Frage, won er wott stelle, zrächt gleit u drum isch er uf das, won er wott wüsse, vorbereitet.

Ds Pendel bestätiget ihm syner Vermuetige. Är weis jetze, das er ufem rächte Wäg isch. Stolz u starch geit er zum Zimmer us, übere zu syre Frou.

Am Morge chunnt der Fahnder chli später als süsch i ds Büro. Guet glunet. Un er geit grad diräkt ueche zum tägleche Rapport.

O der Fahnder mues rapportiere: «Es git nöij Er-kenntnis im Fall Seebad. Hütt, em halbi Zwöi, tuen i d Bewohner drüber informiere u de dänken ig, chöi mer de dä Fall ad acta lege.»

«Wyter?», befihlt der Hess.

«Wyter gits nüüt z säge.»

«Ja, heit dir jetze e Tote oder heit dir kene? Isch gschosse worde? Oder heit dir, wien i vermuete, nu-me mit unnötige Abklärige Stürgälder vernichtet?»

«I ha scho gseit, äs gäb wyter nüüt z säge. Ussert vilecht das: Das ischd e lleidi Gschicht!» Derzue lächlet der Fahnder verschmitzt.

Die Aawäsende chöme nümme drus.

Nume d Svenja weis, was dermit gmeint isch. Zwar nid wäge däm Fall. Da gseht o sii nid düre. Aber der Fahnder het ihre einisch verzellt, was es mit dere «lleide Gschicht» für ne Bewandtnis het.

Är sygi mit syre Frou im Zug vo Bärn här under-wägs gsy, Interlake zue. I ihrem Näbeabteil heige sech vier jungi Lüt, älwä Studänte, über d Politk u d Gsellschaft usgla. Zimlech heftig. Drei vo dene Vier heige di üebleche, halbfrömdsprachleche Chraftusdrück brucht. Also das Eee-Mann-Eee-Vollkrass-Eee-Mannee-Fuck-Fun-Züüg. Der Viert vo ne heigi aber e erfrüschend ächti Note dry bracht. Geng we di Andere ihrer Usdrück heige brucht gha, heigi dise zu der Sachlag gseit: «Das ischd e lleidi Gschicht!» U dä heigi das Sch vom ischt, u das Doppel L so speziell betont, ja fasch gsunge, wie das nume eine chönn, wo im Luterbrunnetal ufgwachse syg.

Der Fahnder het du das Sätzli öppe einisch brucht, für d Lüt chli z verwirre. Es het nämlech eigetlech gar nid zu ihm u syre Art passt. Wils aber so speziell u glych eifach isch, het das sy Würkig meischtens nid verfählt.

U richtig! O hie weis eigetlech niemer so ganz, was di Ussag hätti sölle. Drum geit der Hess übergangslos zum nächschte Thema über: «Hesch du üs vilecht no z informiere über d Wyterentwicklig vom Konzept übere PoTaBla? Oder hets der vilecht – näbscht dere leide Gschicht – nid für alls glängt?»

«Sälbverständlech hets nes o zum Blablabla no glängt. Eh, sorry, es het glängt, es Konzept z erstelle. Hie. Aber jetze tue nes entschuldige. Mir wei schliesslech üser Jugendjahr nid im Rapportruum verbringe. Chumm Svenja.»

Dermit steit er uf, geit zum Rapportruum us, u trappet gmüetlech d Stäge ab. D Svenja hinder ihm nache. Si merkt, wie si di gueti Luune vo ihrem Chef o grad übernimmt.

Der Fahnder isch kribelig. Är möchti am Liebschte sofort uf Seebad fahre für ga z luege, öb syner Vermuetige stimme, respektive öb d Vermuetige, wo ihm ds Pendel bestätiget het, stimme. Aber är weis, dass er mues Geduld ha. Es git no es paar Sache vorzbereite.

Der Svenja git er der Uftrag, alli Bewohner uf di halbi zwöi im Hotel Landhuus la zäme z cho. Du list er no enisch alli Notize düre, won er zum ganze Fall gsammlet het. U natürlech o di verschidene Protokoll, wo scho sy gschribe worde.

Nächär reicht er unde i der Garasch ds Outo u fahrt elei zu däm schmucke Dörfli am See.

Är trifft er sech dert mit em Christian Hofer. Dä isch erstuunt u fragt nach der wytere Entwicklig i däm Fall.

Der Fahnder verzellt ihm nume ds Nötigschte: «Es isch halt scho speziell, wie wenig dass es brucht, dass inere Gmeinschaft, wo an sich einigermasse funktioniert het, plötzlech alls z underobsi dräit wird. Di vier Parteie hei sicher nie guet harmoniert zäme. Aber si hei harmoniert. Bis dass dä Schuss gfalle isch. Zersch het me nid reagiert. Wie ds Müüsli vor der Schlange. U du het jedes ds Andere als Täter vermuetet. Di ufgstoute Problem, di chlyne Nörgeleie, wo me het wölle drüber ewäg luege, sy plötzlech i Mittelpunkt grückt. Jedes het uf ds Mal bi jedem d Fähler nid nume gseh, sonden se o grad güsseret. U alli zäme hei zum Nazar irgend ufene Art e negative Bezug gha. Dä negativ Blickwinkel het vo de eigete Problem abglänkt. Drum hei sech alli Bewohner ufe Nazar fokussiert. Vilecht sogar so starch, dass si ne us ihrem Blickfäld hei entfernt.»

«Isch er würklech tot?», fragt der Hotelier erchlüpft.

«Das wärde mer hütt Namittag erfahre. U drum bin i hie bi dir. Mir wärde – ömel we sech myner Vermuetige bestätige – hütt nachem Mittag wüsse, öb der Nazar tot isch. Für mi – obwohl das brutal tönt – steit das aber nid im Mittelpunkt. Für mi steit im Mittelpunkt: Wie chöi di vier Parteie künftig wider mitenand umgah? Wie chöi die no mitenand uscho, nachdäm si sech so wyt useglehnt hei? Das isch für mi di zentrali Frag.»

«Das wird sicher nid eifach sy. Aber du weisch ja, dass i hie ufgwachse bi. I kenne also Hintermeiers u Grunders scho syt myre Chindheit. Der Karlen kennen ig, wil er öppe einisch zum Fyrabebier chunnt u de gärn no chli jasset. D Frou Hess isch mer nid so glöifig u ihrer Chind kennen i nid. Aber so wien i di Lüt dert yschetze, bruchti die nume chli Bystand. Irgendöppis, wo me ne cha gä, damit si mitenand chöi i Rueh u Aastand rede. Es bruchti e Mediator.»

«Genau!»

Der Christian Hofer isch erstuunt ab dere churze Antwort. U isch o irritiert. Drum entsteit e Pouse.

Du seit der Fahnder nachdänklech: «E Mediator müesste me ha.»

«Genau!» Das Mal seits der jung Maa. «Öpper wo psychologisch gschuelet isch. Hesch du nid geschter e Polizeipsychologin bi dir gha?»

«Wohär weisch du das?» Das Mal isch der Fahnder erstuunt.

Der jung Maa lachet: «I ha der scho einisch gseit, dass mir hie imene chlyne Dörfli wohne. U dass alli vo allne alls wüsse. U mängisch no vil meh.»

«Also. Mir hei scho e Psychologin un i bi geschter würklech mit ihre hie gsy. Nume würd igs nid so guet finde, we so ne – Profi-vo-Bärn – hie eleini würdi Mediator spile. I gsiech ehnder e junge dynamische u o gwitzte Yheimische. D Lüt hätte sofort z Vertroue zu ihm un i bi mer sicher, dass d Bewohner nid mängs Gspräch bruchte für z gseh, dass ds Läbe wyter geit. U zwar mitenand u nid gägenand. Wärsch du bereit, dym Dorf z hälfe?»

Das isch wider typisch der Fahnder. Är hätti ne ja eifach chönne frage, öb er das chönnti übernäh. Oder öb er der Polizei würdi hälfe. Aber nei! Dä schlau Fuchs weis genau, dass der Christian Hofer nid cha nei säge. Wil er süsch nei zu sym Dorf würdi säge. U das würdi dä jung Hotelier sicher nie mache.

«I weis zwar nid, öb i das cha, aber i wils probiere. Üsne Lüt z lieb.»

Der Fahnder isch erliechteret. Di erschti Hürde vo sym Plan wäri afe gno. Jetze geits a di Nächschti. Är macht mit em Christian no d Details ab u bevor er geit, trinkt er mit ihm zäme no es Gaffe.

Derby verzellt ihm der Hotelier no, dass sech synerzyt der Herr Kostic, der Bsitzer vom achebrönnte Hotel Bad, sehr für ds Dörfli ygsetzt heigi. Won er definitiv gwüsst heigi, dass ers nid vermögi, das Hotel wider ufzboue, heig er der Gmeind der Vorschlag gmacht, ufem Platz vom ehemalige Hotel e Fun-Park z errichte. Finanziert zur Hälfti vo der Gmeind u zur andere Hälfti vo ihm sälber. Sehr grosszügig! Dä

Fun-Park wärdi sehr vil bsuecht, verzellt der jung Maa wyter. Zur Fröid vo de Bsuecher u de Hoteliers. Aber natürlech zum Leid vo dene, wo hie nume Rueh wetti. Aber so sygs halt im Läbe. Es sygi es Gä u nes Näh.

Är heigi jetze grad es Bild, won er als Ystig für ds erschte Gspräch mit de Bewohner chönnti bruche. Ds Bild vom Fun-Park, wo di Einte Fröid heige, di Andere nid. U ds Bild vom ruehige Dörfli, wo di Einte vil meh Läbe wette u di Andere d Rueh möchte gniesse. Wes beide Parteie glingt, das Gä u das Näh i ds Glychgwicht z bringe, hätte alli es tolls Läbe. U wes de Bewohner glingt, enand so z akzeptiere, wie jedes Einzelne halt isch, we jedes chli öppis a d Gmeinschaft git, würdis o öppis vo dere Gmeinschaft zrugg übercho. Das z vermittle heig er sech vorgno. Un er sygi gspannt uf di Gspräch.

Wo der Fahnder wider im Büro isch, chunnt d Bea zu ihm. Si wott no chli meh vo de einzelne Persone erfahre. Ds Erstelle vom Täterprofil sygi drum sowiso schwirig. U ersch rächt, we mes mit so emene Fall wie hie z tüe heig.

Eigetlech müessti der Fahnder ihre säge, dass si nümme da dranne sölli wärche, wil er dervo usgöng, dass dä Fall nächschtens glöist sygi. Är dänkt aber, o wes nümme würdi bringe, wenigschtens e Üebig wärs doch de gsy. Drum hocket er mit ihre a Tisch u lat sech vo ihre la usfrage.

Plötzlech gumpet d Bea uf u seit: «Du hesch öppis Lätzes düreggä! Du hesch der Kira Kovalska gseit, du tüeisch em Zwöi informiere. Bim Rapport hesch du aber gseit, em halbi Zwöi. Muesch das nid no ga kläre? Schliesslech isch es scho fasch Mittag.»

«Nenei, das isch scho rächt eso. Das isch Absicht. Di Einte denn u di Andere später. Eis nachem Andere.»

«Du redsch i Rätsel, Franz», stellt d Bea fescht.

Är weis das, seit aber nüüt druf. Si konzentriere sech wider uf d Lüt z Seebad.

Grad won er d Stäge ab geit, für hei ga Zmittag z
ässe, springt e junge Polizischt zu der Türe us u rüeft:
«Z Seebad hets schyns wider e Schiesserei ggä. Im glyche Huus wie vor es paar Tag. E Frou Grunder heigi aaglüte. Di stationäri Polizei isch underwägs. Wie gsehts mit öich us?»

«Svenja, Bea. Los. Mir müesse!» U du haset der Fahnder scho d Stäge ab, em Outo zue. We d Svenja nid a Outoschlüssel dänkt hätti, müessti wider öpper d Stäge uf.

Obwohl der Fahnder het wölle fahre, isch sii a ds Stüür ghocket. Si gspürt, dass ihre Chef üsserscht aagspannt isch.

U richtig: «Was isch jetze ömel o dert los? Han i völlig lätz gha? Han i d Lag total lätz ygschetzt? Hätt ig sölle ...»

«Hör uf mit Vorwürf. Di bringe nes nid wyter. Säg gschyder, was mir sölle mache, we mer dert aachöme.» D Bea tönt sehr sachlech, cha aber nid verstecke, dass o si üsserscht aagspannt isch.

«Wen i das wüssti!» So unsicher het d Svenja ihre Chef no fasch nie gseh.

«I schla vor, mir fahre jetze afe einisch dert häre u

mache nes es Bild vo der Sach u vo der Lag. Wes de hert uf hert sötti gah, chöi mer geng no d Enzian-Ysatztruppe la cho. Aber i dänke, das klärt sech de vorhär.» D Svenja strahlt Rueh us.

Uf di beide Andere schynt sech di Rueh o z übertrage. Mindeschtens verbal. Si schwyge nämlech alli.

Es isch es ähnlechs Bild, wie vor nes paar Tag. Zwee Streifewäge stöh praktisch am glyche Ort wie denn. Zwee Polizischte warte bi de Fahrzüg u erkläre em Fahnder u syne zwo Froue, dass zwee Polizischte vorne bim Huus syge. Si mache sech ufe Wäg.

D Frou Grunder chunnt ihne entgäge. Chrydewyss. «My Maa ...» Si schnappet nach Luft. «Är het ...» Wider e Atemzug.

«Chömet, Frou Grunder. Hocket afe einisch da häre u beruehiget nech. Tüet ganz langsam y u usatme. Ja. Schön langsam y u us. Guet. U jetze no einisch.» Me merkt, dass d Bea vo der Psyche vom Mönsch scho chli meh versteit, weder der Durchschnittsbürger.

D Frou Grunder isch jetze sowyt, dass si cha brichte: «Wo dir mym Maa syner Waffe wäg gno heit, het ihn das unerchannt preicht. Für ihn isch das gsy, wie we dir ihn würdet beschuldige. Är het di letschte Nächt praktisch nümme gschlafe, wil er geng u geng wider überleit het, wär äch dä Schuss chönnti abggä ha. Är isch mängisch sogar sowyt gsy, dass er gmeint het, är spinni u heigi das alls numi fantasiert. U glych het er gwüsst, dass er dä Schuss ghört, u öpper dert gseh het, wos preicht het. Är het du vil meh Alkohol zuesech gno, weder das ihm guet tuet. U irgendwie han i ds Gfüehl gha, dass er syt geschter

Aabe eifach öpper mues ha, won er als Mörder cha bezeichne. Es hätti ihm gwohlet, we dä Fall wäri klärt worde. Vor allem, wil er sech – als Waffenarr – nid hätti müesse la vorwärfe, öppis Ungsetzlechs gmacht z ha. Hütt Vormittag het er wider zur Fläsche ggriffe. Nächär isch er e Momänt use ga rouke. Won er isch yne cho, het er gseit, jetze sygs klar, dass der Hintermeier, dä hinderlischtig Hüüchler ihm eine heigi wölle ynebrämse. Dä heigi gschosse, damit si syner Waffe chömi cho rume. Das sygi alls vo däm inszeniert gsy. Vo däm Soustündeler! Ja, Soustündeler het er über ihn gseit. Das isch no öppe zwo Stund ds Thema gsy. Är het gwäffelet u trunke. I ha du öpper ghört d Stäge uf cho u nächär isch alls ganz schnäll ggange. My Maa het no e Pistole i der Wohnig gha. Di het er zu der Schublade us gno, het es Magazyn ygsteckt, e Ladebewegig gmacht u isch zu der Tür us. Dir fraget nech vilecht, wiso ig als Frou so technische Züg weis. Aber we dir e Maa heit, wo fasch jedes Wuchenänd irgendwo imene Schiessstand oder uf der Jagd isch, de überchömet dir sehr vil mit. Öb der weit oder nid.» Si keit langsam i sich zäme. Der Fahnder befürchtet scho, dass si nid wird u cha wyter rede.

D Bea ermunteret se, wyter z fahre.

«Är isch du i Gang use un i ha hinder der Hustür glost. Är het nid glüte. Isch eifach yne zu Hintermeiers. I ha ghört, wie my Maa mit em Herr Hintermeier gredt, respektive wien er ne aabrüelet het. Du chunnt uf ds Mal d Frou Hintermeier zu der Tür us u flüchtet zu mir i d Wohnig. Völlig ufglöst. Si hocket geng no i myre Chuchi. Äne hets du churz gräblet u drufache

han i e Schuss ghört. Chli später het öpper äne d Hus-
tür bschlosse u isch übere zu mir cho. Der Herr Hin-
termeier! U my Maa isch ...» D Frou Grunder faat
aafa gränne.

«Tüet nume. Das tuet nech guet. Aber säget, isch
öie Maa jetze geng no i dere Wohnig inne?»

«Natürlech. I ha ihn o ghört wäffele. D Wohnigs-
türe sy halt bi üs dünn. Me ghört mängs. I bi froh
gsy, won i ihn ha ghört polete. De bin i sicher, dass
ihm dä Schuss nüüt gmacht het. Der Herr Hintermei-
er het du gseit, wies abgloffe isch.» Wider grännet si.

Der Fahnder lat d Bea bi dere Frou zrugg u geit mit
der Svenja zum Herr Hintermeier. O dä chunnt ne
entgäge.

«Mir hei scho Verschidenes ghört», seit der Fahn-
der. «Aber was i der Wohnig gnau vorgfalle isch,
wüsse mir no nid. Chöit dir üs das schildere? Aber
zersch no d Frag: Wie schetzet dir d Gfahr y, wo vom
Grunder us geit? U de no: Isch er suizidgfährdet?»

Der Hintermeier lachet. Es sarkastisches Lache:
«Dä u sech sälber umbringe? Sicher nid! Aber nid
der Grunder Fritz. Uf ke Fall. Dä isch sech sälber vil,
vil z wichtig!»

«De wei mer hoffe, dir heiget rächt», stellt d Svenja
zwyfelnd fescht.

«Also. I bi mit myre Frou im Wohnzimmer gsy. Si
het vorne Blueme bschüttet un i bi ufem Sofa ghock-
et u ha gläse. Uf ds Mal steit der Grunder vor nes.
Är het grüeft, i sygi dschuld, das er syner Waffe
nümme heigi. I heigi vo obe ache gschosse. Es sygi
ja schliesslech üsi Mansarde, won är der Gwehrlouf
heigi gseh zum Fänschter useluege. I sygi der Mör-

der. Das sygi ihm aber glych. Är wölli eifach syner Waffe wider zrugg. U bevor ig ihm jetze nid bestätigi, dass ig us der Mansarde uf di Person gschosse heig, göng er hie nid use. Är het sy Pistole uf mi grichtet. Während däm Gmöög het sech my Frou unbemerkt chönne dervoschlyche. I ha ihn du probiert z beruehige. Das isch aber nid ggange. Du han i ihm gseit, i chönnti ihm öppis zeige, wo bewysi, dass i sicher nid gschosse heigi. Mit däm han ig ne zum Schaft zueche glökt. U bevor er nume het chönne reagiere, han ig ihm scho ds Schafttöri a Arm gschlage. D Pistole isch ihm us der Hand gheit, het aber vorhär no e Schuss abggä. Der Grunder isch übere Sässel gstürflet u hinde ache a Bode gheit. Wahrschynlech het er sech o no verletzt derby. Bis das er sech wider ufgrapplet u d Pistole behändiget het gha, han i chönne flieh. I ha no der Schlüssel mitgno u vo usse d Hustür bschlosse. Du bin i churz näbe d Tür gstande u ha glost. Är het tüüflet mit mer. U mit allne wo i däm Huus wohne. Aber nid nume mit dene. I dänke aber, das spilt nid so ne Rolle, oder? Uf jede Fall isch er jetze i dere Wohnig ybschlosse un i hoffe, dass dir ne läbig usebringet.»

O är gheit nach dere Ussag innerlech zäme. Mi gseht, dass ne di vergangeni Stund vil meh nachegno het, als dass er möchti zuegä. Är würkt läär u müed.

Der Fahnder u d Svenja bespräche sech churz.

Du göh si zu dene zwee Polizischte, wo i sicherer Distanz zu der Hustür stöh. Mit ihne trappe si vorsichtig d Halbstäge ueche, zu der Tür vo Hintermeiers.

«Herr Grunder. I bi der Fahnder Flück. Dir kennet

mi ja. Näbe mir steit d Svenja Gafner. Die kennet dir
ja o scho. Ghöret dir mi?»

E Momänt herrscht gspänschteschi Stilli im Stäge-
huus.

Der Fahnder fragt no einisch: «Herr Grunder. Ghö-
ret dir mi? Heit dir mi verstande?»

«Ja», chunnt äntleche es dütlechs Zeiche vo däm
Ybschlossene.

«Mir sy nid hie für öich z verhafte. U no vil weni-
ger für öich e Mord aazhänke. Im Gägeteil. Mir sy
hie, wil dä Fall praktisch glöst isch. Dir wärdet even-
tuell öij Waffe wider zrugg übercho. Vor allem denn,
we dir jetze d Pistole, u hinde nache ds Magazin, i
der Wohnig lööt la a Bode gheie. U zwar so, dass
mirs hie usse ghöre. De chömet dir zu der Türe füre.
De tüe mir se uf u dir chömet mit erhobene Händ
langsam zu der Wohnig us.»

«Wär garantiert mer das?» Me ghört, dass er scho
wider der starch Maa usehänkt.

«Dir heit kener Aasprüch z stelle. U scho gar nid
Garantie z verlange. Was es z säge het ggä, han i
gseit. We dir chömet, chönntis glimpflech usgah. We
mer nech müesse reiche, wärdet dir wahrschynlech
nie meh dörfe e Waffe i d Hand näh.»

Dä Trumpf het sech der Fahnder bis z Letscht uf-
gspart. Un er isch sicher, dass der Grunder nächsch-
tens wird usecho. E Jeger wien är, chönnti sech es
Läbe ohni Jagd älwä nume schwär vorstelle. Si
warte.

Mittlerwyle isch o d Bea wider zu ihne gstosse. O
sii luegt gspannt uf d Hustür.

Grad bevor der Fahnder em Grunder e klari zytlechi Limite wott setze, ghöre si, wies dinne zwöi Mal schepperet.

Churz drufache rüeft der Grunder ganz tuuche: «I wäri da.»

E Polizischt mit schusssicherer Weste geit langsam u grüppligse füre zu der Tür, steckt der Schlüssel i ds Schlüsselloch u dräit ne um. Während däm er zrugg schnagget, geit langsam d Türe uf u der Grunder chunnt mit erhobne Händ use.

Es geit schnäll. Der eint Polizischt packt ne a beide Füess, der Ander risst ihm schnäll d Arme obe ache u klick, schnappe d Handschälle ufem Rügge y.

Der Grunder luegt ganz verdutzt dry.

Me gseht ihm aa, dass er i der Wohnig mues gstürflet sy. Är het e blüetendi Wunde am Chopf. Das schynt aber niemer vo de Aawäsende z störe. D Polizischte göh mit däm alte Maa d Stäge ab.

Der Fahnder git d Aawysig, dass sech alli Bewohner sofort sölle im Hotel Landhof besammle. Inklusive em Grunder. Aber d Handschälle sölle si ihm nume anne bhalte. Chli müesse z parriere, tüei däm nume guet.

Die drei Fahndigsbeamte göh du i d Wohnig yne ga d Waffe sicherstelle.

Si gseh, dass der Schuss vom Grunder i der Wand es Loch hinderla het. E Sässel ligt am Bode u am Schafttöri hets es Dümpfi ggä. Si gseh, dass der Tathärgang durchus so cha abgloffe sy, wies der Hintermeier beschribe het.

Wil si der Meinig sy, dass si alls gseh hei, wos i dere Wohnig z gseh git – ömel was ihre Fall betrifft – trappe o si langsam d Stäge ab.

Wo si unde zu der Hustür us wei, stosst öpper dergäge. Mit aller Chraft. U du zwängt sech e Gstalt zum Türspalt y.

«Wo isch gschosse worde?», fragt dä Maa ergelschteret. «I has doch ghört. U jetze han i gseh, dass d Polizei o scho wider da isch. I ha Angscht! Riisegrossi Angscht!»

Dä Mano schlotteret völlig. Aber es isch nid nume das, wo de Aawäsende z dänke git. Di Gstalt, wo da vor ihne steit, treit verhuddleti, grasgrüeni Chleider. Dräckegi Chleider. U si sy mit Bluet verschmiert. E Verband isch notdürftig ume rächt Arm aabracht worde. Dä wird mit ere Schlinge gsicheret. Zwyfellos isch da öpper i Not.

«Chömet. Mir göh afe einisch use. De wei mer de dusse luege, wie mir öich chöi hälfe.» D Bea wott d Türe uftue. Aber dä Maa isch dermit nid yverstande. Är göisset gredi use. «Neei!! Nid uftue! Dusse bringt me mi definitiv um!»

«Ke Angscht, mir sy bi nech», seit e dezidierte Fahnder, tuet d Türe uf, packt der Maa am gsunde Arm u zieht ne hinder sech här.

D Svenja u d Bea luege sech aa. Si chöme nid ganz drus, wiso der Fahnder, wo süsch i so Situatione doch ehnder e gfüehlvolle Mönsch isch, bi däm grüene Maa so grobhölzig tuet.

Dusse übergit der Fahnder der Verwundet, ohni grosse Kommentar, der Bea u seit ere, si söll mit ihm o i ds Landhotel gah.

Du dräit er sech zu der Svenja: «Geisch du d Kira ga reiche? U seisch ihre no, si sölli d Underlage mitnäh? Si weis de scho, was i dermit meine.»

Ohni e Antwort abzwarte, trappet der Fahnder, mit gsänktem Chopf, de Andere nache.

«Das isch er! Dä isch erschosse worde! Dä isch gheit! I ha doch Rächt gha, dass da öpper im Garte isch gläge. Jetze lueget nume. U alli wo hie inne hocke, hei scho gmeint, der Grunder sygi e alte Stürmicheib. Nüüt isch. Dir chöit mi nid zum Mörder mache.» Derzue luegt er übere zu Hintermeiers, wo am Abhocke sy.

«We mir vilecht ds Opfer hei, heisst das no lang nid, dass dir nid chönntet der Täter si gsy.» Der Fahnder tönt ergerlech.

«Sicher nid! I ha nech gseit, dass der Hinterme …»

«Schwyget jetze! Ab sofort wird hie inne nume no gredt, wen i öpperem ds Wort erteile. Verstande!» Der Fahnder het sy scharf Polizeiton füre gno. Un es isch unverkennbar, dass ab jetze mit ihm nümme guet Chirschi z ässe isch.

«I ha öich alli hie häre bstellt, für nech d Uflösig vom Fall bekannt z gä. E bsundere Fall!» Der Fahnder steit im Egge vom Sitzigszimmer. Rund um d Tische hocke d Bewohner. Alli.

D Stimmig isch alls andere als guet u locker.

D Frou Hintermeier het no geng vergränneti Ouge u isch ganz vertschuderet. Ihre Maa het o no nid heftig Farb aagno u stieret grad us a d Wand vor ihm.

D Frou Grueber hocket chli absyts vo ihrem Maa, wo stolz, wie ne Güggel uf sym Stuehl hocket.

Der Karlen luegt vor sech ache u tuet, wie we ihn ds Ganze nüüt aagieng u d Frou Hess chnüblet närvös a de Fingernegel desume.

D Bea hocket im andere Egge vom Saal u beobachtet gspannt, was der Fahnder im Sinn het. Sy het ke Ahnig, wohäre dä mit dere Versammlig wott.

«Z ersch zu öich», seit der Fahnder zum grüen aagleite Maa. «Darf i nech bitte, öich churz vorzstelle?»

«Dä mues nümme säge, dä. Schwule Siech, was er isch. Schad hets di nid preicht!» Scho wider der Grunder.

Der Fahnder schickt ihm nume e hässige Blick.

«I bi der Ueli Meier. Für öich aber der Nazar Petrovic. Won i wohne wüsset dir ja.» Är luegt a Bode, wie wes dert öppis interessants z gseh gieb.

Ds Gmurmel vo de Bewohner isch unüberhörbar. Si hei gmerkt, dass nid nume d Kira, sondern o der Nazar Bärndütsch redt. Für si isch das schwär z begryffe.

«U wohär heit dir öij Verletzig?»

«I bi leider i Nachbars Garte gsy. U das het öpperem nid passt. Drum isch uf mi gschosse worde. Zum Glück nume e Streifschuss. Aber dä tuet weh!» Är verhet sech der Arm u me gseht, dass er lydet.

«Wüsst dir, wär gschosse het?»

«Ja.»

Scho wider es Gmurmel bi de Zuehörer.

«Isch es öpper i däm Ruum hie?» Der Fahnder stellt di Frag ganz langsam.

Der Nazar luegt sech um.

«Jetze chunnts de grad us!», rüeft d Frou Hess i di enormi Spannig yne.

Grad wo der Nazar öppis wott säge, geit hinde im Ruum d Türe uf. D Svenja chunnt yne. Hinder ihre d

Kira. Ganz in Wyss. Mit Usnahm vo de Haar. Die sy das Mal giftiggrüen gfärbt. U d Fingernegel lüchte in Pink.

«Hiilfe! D Mördere!», pägget der Nazar, lat sech uf d Chnöi gheie u schnagget wie der Blitz undere Tisch undere.

«Grüessech Frou Meier, oder äbe Frou Kira Kovalska», meint der Fahnder troche.

«Grüsst euch Gott, alle miteinander, alle miteinander, grüsst euch Gott.» D Kira singt mit ere fröhleche u schöne Stimm di Begrüessigsmelodie us der Vogelhändler-Opperette.

Die Aawäsende sy perplex.

«Heit dir ds Buech mitbracht?» Der Fahnder lat sech nid la beydrucke. Sy Ton isch geng no sträng.

D Kira wott em Fahnder e Plasticsack bringe. Der Fahnder winkt aber ab, zeigt der Kira, wo si söll hocke u lat sech dä Sack dür d Svenja la übergä.

Der Nazar gruppet geng no under em Tisch.

«I dänke, es isch Zyt, öies Theater z beände. Chömet ueche u hocket nech a Tisch.»

«I ha Angscht», rüeft der Nazar.

«Fertig jetze mit däm Schouspiel! Game over! Verstande? Ueche mit nech!» Der Fahnder isch dezidiert.

D Lüt luege der Polizischt mit grosse Ouge aa. U de luege si zum Nazar, wo sech ghorsam ufe Stuehl setzt. Zum Schluss luege si uf d Kira, wo stolz im Egge obe Platz gno het.

«Also Kira – mir blybe bi däm Name – verzellet öij Version vom Tathärgang.»

D Kira steit uf u wott füre cho.

«Bruchet nech nid füre z bemüeie. Es längt, we dir

vo dert hinde us verzellet.» Me gspürt, dass der Fahnder se wott i d Schranke wyse. Aber d Kira isch mit so Situatione vertrout u drum gniesst si halt hinde am Tisch d Ufmerksamkeit.

U die het si. Bsunders no, wo si sech dräit u chehrt u ne Zigarette wott i ihri Zigarettespitze stecke. Em Fahnder chunnt i Sinn, dass er das Mal nid e Claire Zachanassian vor sech het, sonder ehnder e Kate Winslet im Film Titanic. Die het inere Szene o so ne Zigarettespitze gha.

Är ergeret sech masslos ab dere Schouspilerei: «Hie wird nid groukt. Chömet zur Sach bitte.» Di Wort töne wie Pistolesschüss. Sogar d Svenja, wo näbe der Bea Platz gno het, stuunet.

«Also», faat si aa u stellt sech i d Pose, wies d Marilyn Monroe nid besser hätti chönne. «Da üser Nachbure so schön versammlet sy, möchti d Glägeheit benutze u öich verzelle, wiso ig ufe Nazar gschosse ha. Der Nazar isch e Maa, wo mi syt Jahre fasziniert. Syt Jahre scho bin i dranne, sy Liebi z übercho. Erfolglos. Wüsst dir wie das isch, we me syt Jahre a nüüt meh anders cha dänke, als a d Liebi zumene bestimmte Maa? Nei, das chöit dir nid wüsse. Dir chöit nid wüsse, dass das eim fasch umbringt. Dir chöit nid wüsse, dass me sech fasch hindersinnet, vor luter abgwisener Liebi.» D Kira understrycht di dramatische Wort mit Körperbewegige so gschickt, dass o der gröscht Gägner vore chönnti Bedure übercho mit ere. «Won i du gseh ha, dass der Nazar sech ine Frou, won i sogar sälber zu üs hei yglade ha – i Huehn, was i bi! – verliebt het, han i vor Verzwyflig fasch düredräit. Liebi isch zu Hass worde. Dä Hass isch so gross worde, dass i ke andere Uswäg meh ha gseh, als my grossi Liebi z vernichte. Niemer Anders söll ne ha. Dä Maa won i über alls liebe.» Si zieht es wysses Naselümpli usem Handtäschli u putzt sech mit ere unwahrschynleche Eleganz d Träne ab.

Du fahrt si imene ganz andere, imene total sachleche Ton wyter: «Aber wie bringt me öpper umen Egge, ohni sälber verwütscht z wärde? Nid ganz eifach, gället? I ha du beschlosse, di Tat bi öich äne uszfüehre u dadermit öpperem vo öich d Schuld i d Schue z schiebe. Nid grad die Art der feinen Frau, aber was sölls? Der Zweck heiligt die Mittel. Öpper vo öich söll i d Chischte. Sicher nid i. U my Berächnig wäri fasch ufgange, we nid dä spitzfindig Fahnder geng wider drygschnurret hätti.» Si luegt mit füürige u stächige Blicke zum Fahnder füre.

Dä beachtet se aber gar nid.

Ussert der Svenja het nämlech niemer gmerkt, dass während der Erklärig vo der Kira der Fahnder es Ringbuech zum Plastigsack usegno, u sehr interessiert drinne bletteret het.

Wo d Kira fertig isch gsy mit ihrer dramatische Darstellig, leit der Fahnder das Buech ufe Tisch u seit langsam: «Das ischd e lleidi Gschicht!»

Derzue lächlet er.

Är macht e Pouse u seit du: «Dadermit wäri der Fall also klärt u mir chönnte zur Tagesornig übere gah. Alls Andere wäri ja jetze Sach zwüsche dene beide Persone, oder?»

Der Herr Hintermeier macht scho Bewegige, wie wen er wetti ufstah. Är wird aber vom Fahnder unsanft zrugg pfiffe. Ds Lächle vo vori isch verschwunde u wird dür ne sehr scharfe Ton ersetzt: «I ha gseit: Wär Sach zwüsche de beide Persone. – isch es aber nid! Erlediget isch nämlech no grad gar nüüt. U Tagesornig gseht ganz anders us. So, wies d Frou Kovalska verzellt het, isch es nämlech nid ganz abgloffe. I will nech jetze churz verzelle, was da i däm Dräibuech inne steit. U de wei mer de wyter luege u lose.»

«Was het de das Ding mit däm Fall z tüe? Mir schynt doch, dass dä glöst isch. Oder bin i da lätz?»

«Ja, dir syt lätz, Frou Hintermeier. Total lätz. Also. Das hie» u dermit lüpft er ds Dräibuech fürs allne z zeige «isch es Theaterstück. E Realsatyre. Schyns. I ha das Dräibuech zuefälligerwys vor es paar Tag i de Fingere gha ...»

«... Nachdäm igs ihm beizt ha gha. Schliesslech het er wölle ufhöre mit ermittle u de wäri di ganzi Sach ja scho z Änd gsy», lachet der Nazar dräckig.

«... u i däm Dräibuech han i es paar Sätz gläse, wo mir natürlech denn no nüüt gseit hei. I ha se du aber nahdisnah i dä Fall chönne yne interpretiere. Das Dräibuech het d Kira Kovalska, alias Cornelia Meier, gschribe. Übrigens isch si d Schwöschter vom Nazar Petrovic, alias Urs Meier. Also nüüt vo ...», u du sehr theatralisch «... müesse my grossi Liebi vernichte.»

Es wyters Gmurmel geit dür di Aawäsende.

Der Fahnder fahrt wyter: «I däm Theater inne chömet dir alli zäme vor. Jedes vo öich het e bestimmti Rolle. Vo öich isch also jedes i das Theater hie involviert gsy.» Derzue schwänkt er das Buech no einisch vor de Aawäsende düre. «I däm Buech steit haargenau, was sech i de letschte Tag hie z Seebad abgspilt het. Es isch also es Theater, wo e wahre Hindergrund het.»

«E Realsatyre äbe. Un es isch erstuunlech», underbricht d Kira voller Stolz d Erklärige vom Fahnder, «es isch erstuunlech, wie präzys dir öij Rolle alli zäme gspilt heit. Won i das Stück fertig gschribe ha gha – das isch öppe vor vier Wuche gsy – han i nid gloubt, dass sech alls eso wird entwickle, wien igs uf Papier bracht ha. Aber es het herrlech passt. Dir syt alli soo dürschoubar u funktioniert soo wunderbar eifach.» Si seit das lachend u glychzytig tröimerisch u luegt derzue irgendwohäre i d Wyti.

«Was het die? Es Theater über üs gschribe?»

Ds Gmurmel im Saal wird lüter.

Der Erger o!

Me füehlt sech hindergange u no schlimmer: Me het eigetlech ke Ahnig, was das Theater hie söll.

Der Fahnder lat de Lüt grad chli Zyt, di Mitteilige z verdoue u bletteret wyter im Dräibuech.

Nach emene Zytli seit er: «Dermit chiemte mer zum zweite Teil vo dere Besprächig hie. Nämlech zu der Frag, wie das Ganze im Detail abgloffe isch. U daderzue chan i öich churz säge, dass d Frou Kovalska sech Zuegang zum Waffeschrank vom Herr Grunder verschaffe het.»

«Wo – wie me vo myre Wohnig us unschwär cha feschtstelle – nie bschlosse isch», lachet der Nazar. Der Fahnder fahrt wyter: «Du isch si übere i d Mansarde vo Hintermeiers ggange. U zwar so, wies hie drinne steit: Alleine durch einen bösen Blick würde das Schloss dieser dünnen Türe seinen Dienst versagen. Da es später aber sicher noch gebraucht werden wird, muss ein Dietrich den Böseblick ersetzen.»

«Gället, genial?», frohlockt d Kira.

Wider Gmurmel bi de Aawäsende.

«O d Schussabgab isch im Detail hie inne beschribe. Als Regieawysig. Nume sovil: Es isch genau planet gsy, dass d Hülse zum Fänschter us gheit. Wiso aber ds Projektyl nid im Ärdrych verschwunde isch, isch mer no es Rätsel.» Är luegt zum Nazar.

«D Kira un ig sy i junge Jahr Sportschütze gsy. Das heisst, dass mir mit Waffe chöi umgah. I ha näbe mir e spezielle Blocker gha, wo d Kira het müesse druf schiesse. Mir hei gwüsst, dass der Schuss derdür wird gah. Aber nid gwüsst, wie wyt ache i ds Ärdrych. Schynbar aber genau sowyt, dass ne d Polizei sofort gfunde het. Das hätti also äbefalls klappet. U wen i scho grad am Rede bi: Lut Dräibuech hätt ig nachem Schuss sölle zämegheie u warte, bis der Grunder chunnt cho luege, öb i no läbe. Das isch fasch di einzegi Unbekannti gsy. Wil: I cha als Schouspiler mit mym Körper mängs mache. Sogar der Atem abstelle. Aber e Härzstillstand bringe o ig nid fertig.» Är lachet u luegt i d Rundi.

Ussert der Kira ischs aber niemerem drum, Gspäss z mache.

«Wo du der Grunder, ohni cho z luege, ume Husegge um verschwunde isch, han i my Rolle erfüllt gha u bi seeleruehig em See nah gäge ds Bödeli gloffe. Ds Wytere vo däm Theater kennet dir ja. Da syt dir du zu de Darsteller worde.»

«De bisch du ja gar nid aagschosse worde u hesch dy Verletzig nume vortüscht!», rüeft e entsetzti Rita Hess. Wär chli zwüsche de Zile cha läse merkt, dass si, nach der Abwysig vom Nazar, geng no chli verletzt isch.

«Natürlech. D Kira isch e gueti Schützin u het der Block preicht. Nid mi.»

«Wie heit dirs aber de mit em Bluet gmacht? Das heit dir ömel nid eifach so chönne a Bode lääre.» Me merkt, dass d Frou Grunder gwunderig wird u meh wott wüsse über das Theater, wo da vor ihrer Hustür gspilt isch worde.

Das Mal antwortet d Kira: «Es stimmt. Ds Bluet het üs no chli z dänke ggä. Aber e Kollegin vom Nazar isch Chrankeschwöschter u die het ihm Bluet abzapft. Angäblech für ne Rolle imene Theater – was ja irgendwie o stimmt, oder?» D Kira lachet höhnisch.

D Frou Grunder gwunderet wyter: «Wie heit dir aber chönne sicher sy, dass nech bi öiem Vorhabe niemer i Wäg chunnt?»

«We dir wüsstet!», fahrt d Kira gnüsslech wyter. «We dir wüsstet, wie strukturiert öier Läbe sy, de wüsstet dir o, wie eifach das es isch, mit öich z plane. Der Karlen geit am Morge uf d Minute gnau uf d Büez u chunnt ersch am Aabe hei. Dä wäri also ke Gfahr gsy. Dass er Ferie het, isch natürlech nid im Dräibuech gstande. Aber wie dir wüsst, het er glych vo allem nüüt mitübercho. D Hess wärchet geng zu spezielle Stunde. Die vom Migros z übercho, isch kes Problem, we me chli cha theatere. Es längt, dene dert z erkläre, mi wölli ihre zum Weisnidwas e Überraschig biete u müssti drum wüsse, wenn si nid deheime isch, also wenn dass si wärchet. Hintermeiers bschliesse sech geng zu der glyche Zyt y für us der Bibel z läse. Und so wyter. Alli vo öich sy eifach gmuschteret. U da ischs natürlech liecht gsy, der richtig Zytpunkt z bestimme. Nämlech denn, we der Grunder – o är, wie jede Morge zur glyche Zyt – use geit ga sy dritti Zigarette rouke. Ihr gseht, es isch ganz eifach, so öppis z plane.

Aber fahre mer wyter. Zwöi Sache gits no z erkläre, damit dir ds ganze Theater kennet u verstöht. U zwar zwöi Sache, wo nid vo Aafang aa sy im Dräibuech gstande. Erschtens het mer der Fahnder vil z schnäll wölle ufgä. Drum han i ihm düre Nazar, im Zug – i ha ja gwüsst, dass är a däm Tag e Usflug mit der Bahn wird mache – ds Dräibuech la beize. U gwunderig, wie ne Fahnder halt mal isch, hets funktioniert. Är het es paar Infos übercho, wo ihn – we wahrschynlech am Aafang o no unbewusst – aagstachlet hei, wyter z mache. U so hei mir i däm Theater wider chönne Gas gä.

Ds Zweite isch gsy, dass i nid ganz genau gwüsst ha, wien ig der Schluss wott gstalte. E Theaterschluss mues e Höhepunkt ha. Es het also no chli öppis müesse gah. I ha du em Grunder es Couvert i Briefchaschte gleit, wo drinne gstande isch, dass der Hintermeier der Täter syg. Dä heigi das nume gmacht, für der Grunder la i ds Mässer z loufe, damit er syner Waffe müessi abgä. Wien ig richtig vermuetet ha, isch der Grunder du sofort übere i d Nachbarwohnig u het dert Radou gmacht. Es hätti es schöns Schlussbuggee ggä. Dass d Schmier nid all syner Waffe gfunde u yzoge het, isch ke Regiefähler, sondern Fahrlässigkeit vo der Polizei.» Si setzt sech stäckegrad uf u luegt keck der Fahnder aa.

Bi däm isch jetze aber definitiv Schluss! Är pängglet ds Dräibuech ufe Tisch u pägget d Kira aa: «Dir heit also sogar dä Aagriff vom Grunder ufe Hintermeier inszeniert?» U bevor dass er het chönne wyterfahre, seit d Kira: «Super gmacht, gället? Isch doch genial oder nid?»

«Fertig jetze! I finde das Ganze weder super gmacht, no genial. U di Tat dä Morge isch definitiv kes Schlussbuggee. Fahrlässig ischs, was dir da aateiget heit.»

«Ja. Yspere sötti me das Pack!»

«Wiso verhaftet dir se de nid?»

«I d Chischte mit ne!»

So rüefe d Bewohner dürenand u mache ihrem Unmuet Platz. Es entsteit e Einigkeit, wo me no vor nes paar Stund nie hätti chönne erwarte.

Jetz steit d Svenja uf u seit ganz ruehig: «I verstah öie Unmuet u gibe nech de nächär müglechi Antworte uf öij Frage. I wetti jetze aber vom Fahnder zersch no wüsse, wiso dass er druf cho isch, dass di zwöi Schouspiler i das Ganze verwicklet sy, ja, dass di Zwöi die sy, wo das Ganze inszeniert hei.» Derzue luegt si der verwunderet Fahnder a.

Dä het nämlech nid dermit grächnet, dass d Svenja Initiative ergryfft u öppis seit. Är het hie wölle d Fäde i der Hand ha – oder wie ihm sy Vatter empfohle het, är het sälber wölle Regie füehre. Aber är merkt du, dass syner zwo Begleitere syner Gedankegäng ja o nid mitübercho hei.

Drum erklärt er: «Won i mit der Frou Jäggi bim Nazar äne i der Wohnig bi gsy, han i im Verbygah ufem Tisch zuefälligerwys es Blatt Papier, es Mail gseh lige. Datiert a däm Tag, wo mir sy i der Wohnig gstande. Uf däm Mail hets gheisse, dass d Zügelfirma morn am Morge d Waar vom Ueli u der Cornelia Meier wärdi cho abhole für se uf Münche z fahre. Si zügle also wäg, di Zwöi. Di Tatsach het mir mindeschtens d Klarheit verschafft, dass der Nazar läbt u nid isch erschosse worde. Zäme mit em Dräibuech isch mir du mängs klar worde. Drum hei mir üs jetze hie troffe. Mir probiere öich Frage, wo dür das ganze Schouspiel uftoucht sy, z beantworte.» Är luegt zu der Svenja übere.

Die gryfft d Frage vo vori no einisch uf: «Also. Wiso mir die Zwöi nid chöi verhafte? Luege mer das ganze Theater – u es isch im wahrschte Sinn vom Wort es Theater – einisch so quasi mit em Strafgsetzbuech aa. Was blybt als Straftat übrig?

Erschtens. Ds Stäle vo der Waffe bim Herr Grunder. Bruchti e Aazeig vo ihm, won er sicher nid wird mache, wil er süsch dra chunnt wägem offene Schaft.

Zweitens. Der Ybruch i d Mansarde. Das wär afe öppis. D Schussabgab isch äbeso straffrei, wie ds Vorspile vom Tote. O ds Schlussbuggee, wie dir ihm säget, het nüüt strafrächtlechs a sech. U wes hätti, de scho ehnder bim Herr Grunder.»

Die Aawäsende luege ne aa. Är lat der Chopf la hange.

«Zämegfasst also nüüt Grobs, wo da passiert isch. Wohlverstande, strafrächtlech. So gseh, überchöme di Zwöi i derc Hinsicht kener Problem. Wie gsehts aber moralisch us? Da hinderlö si vilecht e Schärbehuffe. Wil d Lüt, wo hie hocke, mängs hei ufdeckt übercho, wo si lieber nid hätte wölle gseh. U das isch bedänklech. Nei, das isch sogar verwärflech. Mit Lüt spile isch öppis vom Schlimmschte, wo me cha mache.»

«Einspruch euer Ehren!», chräit d Kira. «Mit Lüt z spile, isch öppis vom Schönschte, wo me cha mache. Das isch Theater. Das isch Schouspiel. Dramatik puur. Un i bi überzügt, dass alli hie inne irgendwo Spass hei gha a dere Rolle, wo si zueteilt hei übercho.» Si luegt d Lüt aa.

Die sy bedrückt. Luege vor sech ache für nid mit dere schrege Frou müesse i Blickkontakt z trätte.

Jetze steit d Bea uf u chunnt a Tisch füre.

D Psychologin seit: «D Frou Gafner het nid unrächt. U d Frou Kovalska – obwohl ig ihre das ungärn zuegestah – het o öppis aagschnitte, wo mir müesse i Betracht zieh. Im Momänt schynt öij Wohngmeinschaft e Schärbehuffe z sy. I dänke aber, we sech alli Müei gä, wyterhin wölle zäme z läbe, het di Lektion vo de letschte Tage, jedem vo öich guet ta. Es isch chli ehrlecher worde under öich allne. U we dir di Ehrlechkeit wyter pfleget, de chönnti da drus e vil stercheri Gmeinschaft entstah, als dass si vorhär isch gsy. We dir weit, chan i öich – ömel für e Aafang – chli bystah u de chöi mer gmeinsam luege, wie me dä Wäg chönnti wyter gah.»

Der Fahnder isch stolz uf syner Lüt. Meg seht ihms aa.

Är luegt d Bewohner aa u seit: «I ha mit em Christian Hofer gredt. O är wäri bereit, öich z understütze. So quasi als yheimische Mediator. Är bietet aa, dass dir nech einisch i der Wuche hie i dene Rümm träffet. Alli zäme. Zersch vilecht für z brichte. Für Problem z löse. U später – wär weis es – vilecht sogar fürs zäme gmüetlech z ha. Was meinet dir zu däm Vorschlag?»

Si luege enand aa.

U wie das isch, we es Hämpfeli Lüt zäme hocke u öpper öppis sötti säge: Es redt ds Alphatier.

U das isch nid öppe der Fritz Grunder, sondern der Max Hintermeier: «I dänke, mir hei i üser Art, mitenand zäme z läbe, e Lektion erteilt übercho. Jedes vo üs söll jetze über d Büecher u ds eigete Verhalte i däm – Theaterstück – sälber hinderfrage. Was ds Gmeinsame betrifft, chan ig mir durchus vorstelle, dass mir meh mitenand chönnte tue, als bis jetze. I wär also mit öiem Vorschlag yverstande u so, wien ig d Mitbewohner kenne, hätti da sicher niemer öppis dergäge.» Är luegt der Grunder so diräkt aa, dass dä gar nid wagt, ds Muul ufztue. «Aber öppis wett ig vo der Kira no wüsse: Was sy d Beweggründ gsy, so nes Theater z inszeniere?»

Der Fahnder merkt, dass ds Ganze e Eigedynamik faat afa übercho. Är mus di Gspräch hie la loufe, ohni wölle Yfluss druf z näh.

Nach der Frag vom Hintermeier luege alli zu der Kira. Di weis um ihre Uftritt. Si steit wider uf u macht während allem Verzelle es Theater us däm Theater. Stögelet mal uf di rächti Syte use, schlarpet zrugg u täselet gäge links.

Derzue seit si: «Ds Läbe isch es Theater. Oder wie der Reinhard May singt», u dermit ghört me wider ihri würklech schöni Stimm: «Das Leben ist grossartig und irgendwann Geschmacklos wie ein Dreigroschenroman. Je mehr du es kennst, desto mehr siehst du ein: du kennst es nicht!»

Der Nazar chunnt zu der Kira füre. Der Verband u

ds Ghuddel drumum het er abgleit. Ds dräckige, ver-blüetete T-Shirt het er abzoge. Drunder chunnt es su-bers, oranges Lybli zum Vorschyn. Är steit näbe d Kira u singt mit klarer, höcher Stimm: «Ob richtig, ob falsch, weisst du erst hinterher, zum Lachen, wenn es nicht zum Weinen wär! Was wundert dich dann eine Träne in einem lachenden Gesicht?»

Du redt wider d Kira: «Ds Läbe isch es Spiel. Mir spile alli üsi Rolle drinne. Meh oder weniger guet. Meh oder weniger aktiv. Mir sy alli Spiler, wo allne Andere, aber mängisch sogar üs sälber, e Rolle vor-spile. Drum söll d Frag erloubt sy: Wiso spile mer de di Rolle nid bewusst? Eifach, wil mer nes nid derfür hei. Dir heit jetze alli zäme gseh, was dir für ne Rolle i öier Gmeinschaft gspilt heit. Jedes kennt aber o d Rolle vom Andere. Dir kennet jetze o d Rolle vo üs. Obwohl mir ab morn nümme hie sy, empfähle mir öich: Spilet wyter! Gniessets, mitenand z spile. Es isch öppis – wunderbars!» Si steit da wie ne Süle u winklet ds einte Bei uf der Höchi vom Chnöi vom Andere aa. Der Nazar steit nach zu ihre u schmiegt sech a ihre Körper. Beid Arme vo ihre zeige gäge Himmel u di einti Hand fasst di Anderi bim Hand-glänk. Der Nazar het sy Schwöschter um d Taille u ziet se zu sich häre. Schlingt sys rächte Bei um se um. Ja, si spile. Si spile grad wider e anderi Rolle, di zwee schrege, verruckte Vögel!

Uf der Heifahrt rede si nüüt. Jedes hanget syne Ge-danke nache. D Bea isch ufgstellt, wil se ds Ganze e interessanti Form vo Läbesschuelig düecht u wil si d Idee vo der Kira zwar speziell, aber guet findet.

D Svenja weis nid, was si vom Gschehne vo de letschte Tag söll halte. Einersyts isch es e total schrege Ysatz gsy, anderersyts findt si ds Spile mit Mönsche gar nid so abwägig. Me würdi derdür vilecht chli offener, chli flexibler. U o chli Nachgibiger.

Der Fahnder weis, was er vom Ganze haltet. E bodelosi Frächheit, mit Mitmönsche so umzgah. Ds Einzige wo ihn über Wasser haltet isch, dass er em Rat vo sym Vatter gfolgt isch, d Regie sälber i d Händ gno het, u dür das dä Fall ohni Bluetvergiesse het chönne z Änd bringe. D Frag, öb ds Läbe es Theater isch, oder es Spiel, d Frag, öb mir Lüt würklech mit üsem Gägenüber spile u öb mir üs alli nume öppis vormache, beschliesst er später z beantworte. Oder ömel se sich sälber später no einisch z stelle. Hütt mag er nümme.

Im Büro sy si alli Drü müed u düre.

Si mache underenand ab, dass si de ersch morn ds Ganze wölle analysiere u ufarbeite u de wölle luege, wo no Handligsbedarf bestöij. Für hütt wölle si Fyrabe mache.

Grad wo si zu der Bürotür us wei, chunnt der Konrad Hess yne z stolziere: «Was isch da ggange bi dere Schiesserei z Seebad? I verlange e sofortegi Orientierig.»

«Die chasch de morn ha. U zwar grad schriftlich. Für hüt de ume afe so vil: Der Fall Seebad isch definitiv glöst.» Me merkt em Fahnder aa, dass er wetti hei gah. Är kennt aber der Poschtechef guet gnue, dass er weis, dass däm sy Ussag no überhoupt nid wird länge.

O d Svenja kennt ne mittlerwyle. Drum ergänzt si: «Es het sech alls ufklärt. Es git weder Täter no Opfer. Also nüüt, wo für üs als Ermittler relevant wär.»

«U de hanget di ganzi Interlakner Fahndig, inklusive Psychologin, während Tage z Seebad ume u ermittlet, für mir am Schluss z säge, es gäbi weder Täter no Opfer, weder Schuldigi, no Beschuldigti? Heit dir öich eifach es paar schöni Tag am See wölle mache? Geits öich allne zäme eigetlech no?» Der Hess überchunnt ganz e rote Chopf.

Em Fahnder isch das aber glych. Der Svenja o. Nume d Bea seit troche: «Ja.»

«Was ja?», schnouzet se der Hess aa.

«Ja, üs geits allne zäme no. Ömel einigermasse. Danke für d Nachfrag.»

Der Hess, wo normalerwys verbal kener Problem het, mues doch zwöimal läär schlücke, für z verstah, was ihm dä Grüenschnabel grad erklärt het. Du merkt er, dass er zu däm Thema gschyder nümme seit u gryfft öppis Anders uf: «U für das Konzept wo du mir ggä hesch, gits nume eis Prädikat: Unbrauchbar!», stichlet er, mit Betonig vom erschte Wort. Derzue pängglet er em Fahnder ds Dossier vom Blauliechttag ufe Tisch.

«Der OK Presi findets zwar guet», git der Fahnder glasse zrugg. «We du aber meinsch es sygi unbruchbar, de mach es Nöis – u gang de aber o grad sälber a d Sitzig. Wen ig aber wyterhin a d Sitzige söll, de wirden ig mit däm Konzept hie wärche. U jetze tue nes entschuldige. Mir hei hütt gnue Problem glöst u hei Gschwafel gnue ghört.» Dermit nimmt er sy Jagge, geit zu der Bürotür, tuet se uf u lat der Reihe naa d Bea, d Svenja u zum Schluss e zögernde Konrad Hess use.

Dä pängglet ihm no nache: «I wott dä Seebad-Bricht morn uf mym Bürotisch ha, verstande?»

«Ja, ja», rüeft der Fahnder, ohni no einisch zrugg z luege.

Är het ds Velo bim Poschte gla u isch hei gloffe.

A der Aare unde isch er no e Momänt ufenes Bänk-li ghocket u het dänkt. Es sy kener eifache Gedanke gsy. Si hei aber o nümme gross mit em Fall z tüe gha. Ehnder mit ihm sälber. Är füehlt sech verbrucht. Alt u zu nümme fähig. Är het ds Gfüehl, ihn bruchis nümme. Är fragt sech, wär ihn de würklech no brucht.

D Polizei? Sicher nid. Wen är nümme da wäri, würdi sofort e andere Polizischt sy Stell übernäh. Problemlos. Sy Familie? Eigetlech o nid. Di Fescht-stellig tuet ihm weh. O sii brucht ne eigetlech nid. Der Vatter het sys eigete Läbe, d Barbara, zäme mit ihrem Maa un em Nika, o, u ds Roseli het ihrer Kon-takte i der Spitex u e ängi Beziehig zu ihrere Tochter u zum Grosschind.

Wen er würdi fähle ...

Ds Roseli!

Würd er ihm fähle? Oder isch er für ihns o nume no e Belaschtig, mit syre Art, mit sym Verhalte, mit sym Verlange?

Är findet ke Antwort druf.

Wie vor der Chilche im Tällspielareal, hocket er o hie no e Momänt eifach da u lost de Grüsch vo der Umgäbig zue. Aber nume churz. D Grüsch hie sy ganz anders als dert vor der Chilche. U die hie närve ne. Si sy voll Läbe. Voll Bewegig. Outo, Töffe, Mönschegschnurr ...

Missmuetig steit er uf u trappet gäge hei zue.

Won er zu der Tür y chunnt, hätt er am Liebschte rächtsumgchehrt gmacht.

Vo Wytem ghört er der Nika. Nid dass er gäge dä Schnuderi öppis hätti. Gar nid. Aber hütt am Aabe wär er gärn mit em Roseli elei gsy. Oder sogar ohni ds Roseli, wen er ehrlech isch.

Won er ghört, dass o sy Tochter u sogar no sy Vatter da isch, drückts ne no grad chli meh em Bode zue.

«Gueten Aabe zäme!» Sy Begrüessig tönt genau so, wies ihm z Muet isch. Zrugg chunnt aber es fröhlechs Hallo vo allne Aawäsende.

«Mir wüsse alli, dass du elei möchtisch sy. Aber mir hei o vermuetet, dass z Seebad nid alls so gloffe isch, wies der Fahnder Flück gärn hätti gha.» Ds Roseli chunnt zu ihm, nimmt ne obe y u git ihm es liebs Müntschi uf ds Mul. «Mir hei nes es Rätselspiel drus gmacht, was z Seebad chönnti passiert sy. Jedes vo üs het das, wos im Zug vo dir us däm ominöse Dräibuech ghört het u won i vo dir verno ha, probiert sälber z interpretiere. U mir sy zum Schluss cho, dass di Kira der alt Fahnder Flück rächt brav a der Nase desume mues gfüehrt hat. Drum hei mer du beschlosse, di hie inne z empfa, für der dy Fruscht chli hälfe z trage.»

Der Vatter Flück hocket ufem Stuehl u het e Block vor sech. «Hesch du d Regie i d Hand gno? Wenn ja, de isch dä Fall glöst. Oder ömel fasch. I bi aber nid sicher, öbs scho hütt zumene Ändi isch cho oder no nid. Das wäri my Yschetzig vo däm Fall.»

«U we ds Ganze nid so isch, wies my Grossätti meint, de hätt ig Rächt übercho», seit d Barbara. «I bi nämlech überzügt, dass di Seebader dir no lenger wärde z Schaffe mache.» D Barbara het ihre Sohn ueche glüpft u drückt ne a sech häre. Dä luegt gspannt sy Grossätti aa.

Der Fahnder luegt aber zersch no zum Roseli: «U de du? Hesch du o mitgmacht, bi däm kriminalistische Rätselspiel?» Är seits no chli verächtlech. Aber me merkt, dass sy Widerstand gäge dä Bsuech u ihri Rätslerei langsam abnimmt.

«Sicher han i!», meint das Froueli lachend. «Un i bi sicher, dass der Fall glöst isch. Die wo das Dräibuech gschribe het, het mit der gspilt. Öppis wo my Fränzeli ganz u gar nid mag ha. Me spilt nid mit em Fahnder Franz Flück!», treit si sachlech vor. «Genau wäge däm hesch du se entlarft u si het müesse kapituliere. Du hesch nid mit der la spile. Für dii isch drum dä Fall glöst. Ömel z Seebad. I dir inne sicher no lang nid. I bi gspannt, was du üs im Detail z brichte hesch. Aber zersch hockisch afe ab. Was wosch trinke? E Schluck Wy oder wosch grad hindere Whisky?»

«Eis nachem Andere! Zersch niem i gärn es Bier, für e Erger ache z spüele. Nächär es Glas Rote für Rueh z übercho. U zum Schluss e dopplete Whisky, dass i nümme a all das Vergangene mues dänke.»

«Ömel bis morn ...», lachet ds Roseli.

Wo der Fahnder es Bier vor sech het u si alli mitenand Gsundheit gmacht hei, verzellt er. E Churzfassig vom Ganze. Aber das längt de Aawäsende.

Won er zum Schluss chunnt, stellt er syner Frage no einisch. Imene dramatische Ton: «Isch ds Läbe es Theater? Isches es Spiel? Spile mir Lüt würklech mit üsem Gägenüber? Mache mir üs alli irgendwie öppis vor? Isch das de no ehrlech?»

Bevor öpper vo de Andere öppis het chönne säge, träppelet der Nika zu sym Grossätti häre u zeigt ihm sys Polizeiouto.

«Düda, düda», macht er lut.

«Hocket dy Grossätti dinne?», fragt der Vatter Flück. «Weisch, dy Grossätti isch o ne Tschugger.»

«E Polizischt», korrigiert ne der Fahnder.

Der Nika steit langsam vor e Fahnder häre, leit der Chopf chli uf d Syte u luegt ne lang aa. Du leit er ihm ds Polizeiouto uf d Chnöi, macht Düdadüda, u seit du mit emene Lächle, wies nume es chlyses Chindli cha ha: «Tsuggell!»

Wyteri Büecher vom Ernst Hunziker:

Unglych
(Der erscht Krimi mit em Fahnder Flück)
Seebad isch es chlyses, idyllisches Dörfli i der Umgäbig
vo Interlake. Dert stöh drü Hotel. Zwöi sy i Betrieb. Ds
Dritte söll nächschtens wider eröffnet wärde. E nächtleche
Brand zerstört aber das Gebäud. Isch es Brandstiftig, oder
sy die beide andere Hoteliers a däm Brand beteiliget?
    E zuesätzlechi Ufgab füre Fahnder Flück. Dä hätti eiget-
lech gnue eigeti Problem z löse: Eine vo syne Mitarbeiter
fallt us u dr Ersatz wo ihm sy Vorgsetzt organisiert het,
macht ds Ganze nid eifacher. Zum Glück cha der Fahnder
am Aabe für d Tällspieluffüehrige ga probe. Dert chan er i
ne anderi Rolle schlüffe u der Alltag vergässe. Oder doch
nid ganz?

Unspunne
(Der dritt Krimi mit em Fahnder Flück)
Ds Alphirtefescht, wo Stadt u Land söll verbinde, isch vor-
bereitet. D Teilnähmer u d Bsuecher chöme langsam i
Feschtluune. Nume wenegi wüsse, dass die fridlechi Stim-
mig tüüscht. Sys d Béliers wo – einisch meh! – Unspunne
wei missbruche, für politisches Kapital drus z schla? Oder
stecke anderi Chreft derhinder?
    Wo im Tällspielareal während ere Uffüehrig gschosse
wird – u zwar nid nume mit em Täll syre Armbruscht –
droht däm eigetlech fridleche Fescht sogar der Abbruch.

Allergattig
Ds Läbe schrybt bekanntlech allergattig Gschichte. Zum
Bispil läbigi, kuurligi, kritischi oder o spezielli. Vo dene
brichtet das Büechli. Es sy nid wältbewegendi Gschichte
wo da verzellt wärde. Wil ds Läbe sälber ja o nid wältbe-
wegend isch. Es sy Churzgschichte wo zum Nachedänke,
zum Chüschte, zum Gniesse u mängisch o zum Grediuse-
lache sölle aarege.
    Si sy dür mängs Jahr dür entstande. Un es isch erstuun-
lech, wie zytlos vili Gschichte i dere schnällläbige Zyt
bblibe sy.

Didgeridoo www.

Didgeridoo:
Als Fahrer vom Poschtouto, wo zwüsche Spiez u Äschiried verchehrt, kenne ne die Yheimische. Aber wär isch eigetlech dä hilfsbereit u liebeswärt Mönsch würklech? Die Frag stelle sech d Lüt leider ersch, wo öppis ganz Unerwartets gscheht.

www.:
Ds Internet bietet hüt verschidenschti Müglechkeite, enand lehre z kenne. Die Glägeheit näh o „listen" u „multiple" wahr. Was aber, we die Beide meh möchte als nume mitenand chatte? Was, we si sech persönlech möchte gägenüber stah?
E nid alltäglechi Gschicht zwüsche Wimmis u Schwarzeburg.

Adväntszyt
Dusse strubussets, es isch fyschter u chalt. Nachdäm me der Novemberblues einigermasse schadlos überstande het, faat eim der bevorstehend Wiehnachtsstress uf ds Gmüet aafa drücke. Was gits da dergäge bessers, als es heisses Tee, Cherzeliecht – u Wiehnachtsgschichte?

Erhältlech sy die Büecher im Buechhandel.
Wyteri Informatione über e Outor u über sys Schaffe überchömet dir uf der Websyte: www.ernsthunziker.ch